DA VIDA
DOS PÁSSAROS

Dados Internacionais de Catalogação na Publicação (CIP)
(Câmara Brasileira do Livro, SP, Brasil)

Ribondi, Alexandre
Da vida dos pássaros / Alexandre Ribondi.São Paulo: GLS, 2009.

ISBN 978-85-86755-50-7

1. Homossexualismo 2. Romance brasileiro I. Título

08-10622   CDD-869.93

Índice para catálogo sistemático:
1. Romances : Literatura brasileira   869.93

Compre em lugar de fotocopiar.
Cada real que você dá por um livro recompensa seus autores
e os convida a produzir mais sobre o tema;
incentiva seus editores a encomendar, traduzir e publicar
outras obras sobre o assunto;
e paga aos livreiros por estocar e levar até você livros
para a sua informação e o seu entretenimento.
Cada real que você dá pela fotocópia não autorizada de um livro
financia um crime
e ajuda a matar a produção intelectual de seu país.

DA VIDA
DOS PÁSSAROS

Alexandre Ribondi

DA VIDA DOS PÁSSAROS
Copyright © 2009 by Alexandre Ribondi
Direitos desta edição reservados por Summus Editorial

Editora executiva: **Soraia Bini Cury**
Assistentes editoriais: **Andressa Bezerra e Bibiana Leme**
Capa, projeto gráfico e diagramação: **Gabrielly Silva**

Edições GLS

Departamento editorial:
Rua Itapicuru, 613 – 7º andar
05006-000 – São Paulo – SP
Fone: (11) 3872-3322
Fax: (11) 3872-7476
http://www.edgls.com.br
e-mail: gls@edgls.com.br

Atendimento ao consumidor:
Summus Editorial
Fone: (11) 3865-9890

Vendas por atacado:
Fone: (11) 3873-8638
Fax: (11) 3873-7085
e-mail: vendas@summus.com.br

Impresso no Brasil

Ao Michael, que *once told me "dale, escribelo"*

Sumário

O fim e o começo ‣ 9

Buda, o pó e a outra ‣ 17

Depois do *chicharrón* ‣ 31

A invasão dos pelicanos ‣ 39

Santa Rosa de Lima ‣ 49

O sexo e as montanhas ‣ 61

Pilarsita, a ativa ‣ 73

Copacabana ‣ 83

Grain de beauté ‣ 93

A vermelhidão das beterrabas ‣ 105

A banda de rock ‣ 117

Sangue ‣ 131

O mel que veio das abelhas ‣ 141

Lima e os ossos ‣ 155

O começo e o fim ‣ 161

O fim e o começo

Foi como um instantâneo, uma luz vinda de dentro, um arrepio que saiu da boca aberta na hora do gozo. E, depois, nenhum dos dois se moveu. Ficaram em pé, com as calças arriadas, o coração ainda acelerado, cara a cara. As bocas brilhavam na escuridão da sala da casa, já preparada pra ficar sozinha e ainda pouco acostumada a eles, que tinham acabado de se mudar pra Santa Fé, no deserto do Novo México, lá onde os Estados Unidos começam a virar América Latina.

Na sala vazia, as duas mochilas esperavam a hora de ir pro aeroporto, sobre as caixas de papelão que seriam abertas depois, quando os dois voltassem da viagem decidida às pressas.

Mas, no momento exato do gozo, com os outros lábios cravados nos seus, ele viu que as sombras da sala se enchiam de rostos, pernas, coxas, bundas, mãos, pelos, cheiros, gritos, apertos, prazeres, águas, montanhas, pratas, dedos, mulheres, seios, homens, peitos, sovacos, camas, tentações, rosas. A respiração foi se acalmando, a sala começou a ficar vazia de novo.

A porta esperava pelos dois. Começaram a se movimentar com cuidado entre as caixas e os caixotes da casa recém-ocupada. Subiram as calças, ajeitaram as camisetas, apanharam as mochilas.

— Vamos, tá na hora. O táxi já deve estar lá fora.

Segurou a maçaneta pra fechar a porta, e outra luz súbita clareou uma madrugada, trinta anos antes (nem um a menos, nem um a mais): sem ter o que fazer, ou pra onde ir, ele descera sozinho do ônibus no centro de Lima, capital do Peru, e encolhera o corpo, como faria qualquer um que, ao sair, recebesse um tapa na cara do vento gelado.

Era disso que se lembrava quando, em Santa Fé, trinta anos depois, fechou a porta, guardou a chave no bolso, pôs a mochila nas costas e comentou:

— Lá vamos nós...

No entanto, na madrugada limenha, meio sombria, meio encardida, silenciosa, ele pensava sozinho: "Não... Rapaz branco, classe média, não morre de fome. Tem sempre uma alma caridosa". E saiu atrás da caridade. Saiu do centro vazio e caminhou por mais duas ruas. Encontrou uma ruela, um beco e um bar de porta aberta. Entrou. Lima, naqueles primeiros cinco minutos, era uma cidade encardida, indecisa sob a luz fraca dos postes velhos. A mesma coisa achou do bar. E sentou-se numa mesa, sozinho, sem olhar pro garçom, com medo de que lhe perguntasse o que queria e ele se sentisse obrigado a explicar que não queria nada, só descansava da viagem desde Arequipa, pela rodovia Pan-Americana, até a capital, onde não conhecia ninguém nem nada.

Os dois atravessaram o quintal da casa de Santa Fé. As macieiras davam pequenos brotos brancos, que caíam na grama verde ao redor da casa pra onde eles tinham se mudado uma semana antes. Então Alexandre disse, de repente, como se já estivesse cansado de morar ali:

— Quero ir pra Lima.

— Quando?!

— Amanhã, depois de amanhã, a semana que vem, não importa. Mas logo.

Ficaram parados na calçada, esperando o táxi pro aeroporto. Era noite e estava frio, mas pouco, muito pouco. Olharam pra esquina,

o táxi não vinha, tinham tempo, andavam pra lá e pra cá. Conversaram sobre coisas da viagem, sobre escova de dentes, passaporte, estojo de primeiros socorros, máquina fotográfica, aviões.
— É como se fosse voltar?
Alexandre parou pra pensar, mas já sabia a resposta:
— Eu te disse outro dia. Eu não tenho pra onde voltar. Eu tenho pra onde ir.
— Mas desta vez é uma volta, a primeira em trinta anos.
— Não é volta. É ida. Pra enterrar os pássaros.
— Enterrar os pássaros?
— Você não sabia que os pássaros vão morrer no Peru?
Eles riram. Ali, em frente à casa meio imponente e meio torta, como se os alicerces mostrassem cansaço depois de tantos anos, um tocou a mão do outro. Sorriram outra vez, trocaram mais um beijo rápido, um roçar de lábios. O táxi não chegava. Tinham de esperar.

Longe dali, em Lima, trinta anos antes, ele – só ele – esperava sentado, mochila no chão. Na mesa ao lado, o homem de terno com cabelos penteados pra trás, olhos esbugalhados de tanto álcool e voz gosmenta de quem bebe todos os dias até tentou sorrir e falar direito, mas tropeçou na própria língua inchada. Disse em espanhol:
— *Hola, camarada...*
Alexandre se sentiu até bem por ser chamado de camarada. Era pra isso que viajava, pra sentir a camaradagem latino-americana, buscar o resto da América do Sul, o mistério que falava espanhol. O bêbado perguntou de onde ele era.
— Do Brasil.
O homem tentou sorrir, segurou a cabeça com a mão enquanto apoiava o cotovelo na mesa. De cabeça baixa mesmo, perguntou mais:
— Tem notícias do meu amigo Jorge Amado?
— Tá lá, escrevendo.
— E João Cabral de Melo Neto?
— Também.
— Meu amigo Guimarães Rosa morreu. Morreu sem que nos encontrássemos outra vez.

— É...

— Mas eu prometi a eles que não ia ao Brasil enquanto durasse a ditadura. Você é foragido?

Alexandre não era. Queria viajar, subir os Andes, ver condores, lhamas, usar poncho. Mas também queria ver de perto as terras de Simón Bolívar, Che, Javier Heraud. Só que não acreditava em nada do que o homem de terno e cabelos penteados pra trás dizia. Por isso, falou a primeira coisa em que pensou, inventou qualquer desatino e respondeu:

— Sou foragido.

O outro sorriu, levantou-se mais ou menos, porque se segurava com força na mesa, já quase despencando no chão. E, ali, começou a ser o homem que ia ajudar o branco de classe média:

— Tem pra onde ir, camarada?

— Não, senhor.

Ele ajeitou os botões do terno.

— Vamos lá pra casa, então.

Alexandre ainda ficou sentado uns poucos segundos, como se raciocinasse: "E se ele for louco? E se chegando lá me puserem pra fora?"

Mas, já colocando a mochila nas costas, decidiu, sem falar em voz alta: "Se for louco, me viro".

E aí foi, segurando o bêbado pelo sovaco. Saíram do bar e o beco já estava às claras, mas ainda era sujo e fedido. O homem tentou erguer o braço e acenar pra chamar um táxi, mas tropeçou na calçada. Tentou gargalhar e esparramou a voz gosmenta:

— Me segura. Camarada ajuda camarada.

Lembrou desse momento, trinta anos depois, quando o táxi parou em frente de sua casa em Santa Fé. Os dois entraram e foram pro aeroporto. O céu estava escuro, calmo. O medo de avião diminuiu um pouco.

— Não gosto quando fica sacudindo...

— Avião foi feito pra voar, não pra cair. Quando a gente estiver lá em cima, você bebe e relaxa. O céu parece calmo, nem vento tem. Olha só as estrelas.

Quando entrou no táxi limenho, a manhã já mostrava como era, meio fria, meio pálida, meio garoenta, um jeito úmido. O bêbado roncou e babou até o carro parar numa rua pequena, com flores dos dois lados da calçada e um muro no fim. Na rua sem saída, havia um corredor pequeno entre duas casas e, no fundo, um pátio espanholado com uma porta de vidro e ferro trabalhado. Passaram por essa porta pra chegar ao interior de uma casa de dois andares, adormecida, com silêncio de lençóis e fronhas. O bêbado disse pra empregada que veio abrir a porta:

— O camarada *Alejandro* é foragido brasileiro. Sabe o que é isso?

A empregada, meio índia, meio tímida, acostumada a ser pobre, abaixou os olhos:

— *No, señor.*
— Não importa. Importa que ele está com fome.

Dito isso, subiu pra dormir.

Quando Alexandre ficou ali, sozinho e desconhecido, cara a cara com as paredes da casa, perguntou:

— Quem é ele?

A empregada, que já arrumava a mesa do café-da-manhã, olhou surpresa:

— *¿Verdad que no sabes?*
— Não mesmo.
— *Don* Marcel. O grande jornalista *don* Marcel.

E foi nesse momento que a *señora* Rosa, mulher de *don* Marcel, desceu as escadas. Alexandre sentiu medo, mas ela deu um sorriso bonito, forte, e quase abriu os braços pra receber o refugiado. Falou com voz suave, elegante, doce:

— *Don* Marcel já me contou tudo. Seja bem-vindo.

Ele gaguejou em espanhol, pela primeira vez na vida:

— *Gra-gracias. Muchas gracias.*
— Já tomou seu *desayuno*?

Mas o que Alexandre reparava é que ela era bonita, magra, esguia, amorenada, gostosa. Era linda. Tinha jeito de mulher que sabe beijar, sabe mexer, sabe falar "ai, ai", até com y, em espanhol, "ay, ay". Tinha cabelos pretos, meio azuis, escorridos e lisinhos até os ombros, os olhos amendoados, úmidos, brilhantes. A ela Alexandre dedicou seu primeiro banho na casa, depois de ser convidado pra ficar com a família por quanto tempo quisesse, porque eram todos camaradas. Ele subiu, entrou na biblioteca, que seria seu quarto naqueles dias, e foi tomar banho pra gemer "ay, ay".

Chegaram ao aeroporto e entraram no avião pra primeira parte da viagem de duas horas. De cima, viram a cidade seca, surrada, cara-cachenta. Era assim também, seca e cinzenta, a paisagem dos arredores de Lima, ao norte, onde a Pan-Americana segue em direção ao Equador.

Mas Lima ficava na beira do Pacífico, tinha bairros de praia, e foi na rua sem saída com flores de um lado e do outro que Alexandre, voltando da loja que vendia cigarros, conheceu Michael – que nem era peruano, era americano e tinha mais ou menos a idade dele, um ano e meio mais novo.

Morava num apartamentozinho com sala, cozinha e banheiro, atrás de um jardim-de-infância, e saía de casa lá pelo meio-dia. Ia resolver suas coisas e só voltava à noite. Tinham se visto algumas vezes, mas só naquele dia conversaram, porque Michael pediu um cigarro e os dois puxaram assunto, com as mãos enfiadas nos casacos e os cabelos molhados com a garoa que caía sem parar na cidade onde chover, mesmo, não chove nunca.

— De onde você é?

Alexandre olhou pro lado dos Andes, rindo:

— Dali. Passa os morros e é lá.

Michael demorou pra entender, até olhou na mesma direção, tentando ver.

— De onde?

— Do Brasil. Conhece?

— Não. Eu vim pela Colômbia e passei pelo Equador pra chegar aqui.

— E quer conhecer?

— Ah, sei lá. É muito grande, fala outra língua.

Aí pararam de conversar um pouco. A garoa umedecia tudo, pouco a pouco. O vento limenho arrepiava as canelas. Acabaram de fumar o cigarro e Alexandre disse:
— Você viu?
— O quê?
— Uns palestinos invadiram as Olimpíadas de Munique e mataram dezoito judeus.
— Quando?
— Ontem.
— Isso é de comer carne. Animal carnívoro é agressivo.

Faltavam cinco minutos pra meia-noite quando os dois entraram no segundo avião e também olharam pra baixo. As luzes lá embaixo piscavam pela cidade inteira, enquanto ela vigiava o avião que ia embora. Durante a viagem, sobrevoando a América do Norte, a América Central e os Andes, ele não dormiu, não comeu, não prestou atenção no filme. Prometeu a si mesmo, ali sentado: "Vou, vejo Lima outra vez e não volto lá nunca mais. É só um grande funeral".

Contudo, voltou a vigiar os ruídos, o jeito de andar dos comissários. Qualquer coisa podia ser sinal de alarme. Pra ficar calmo, enquanto todo mundo ali já dormia ou cochilava, ele fechou os olhos e se esqueceu do voo, do tempo presente. Só lhe restava lembrar. Enquanto o avião voava pro sul, ele começou sua viagem pessoal rumo a trinta anos atrás.

Buda, o pó e a outra

Nem era pra ser uma grande amizade, porque o americano Michael ria muito, falava muito alto, e Alexandre era mais envergonhado. Além disso, um era brasileiro, estava ali pra remexer e futucar a América do Sul, que tinha guerrilheiros e luta armada, governos militares e presidentes socialistas, índios e cidades milenares; o outro era um americano bem de vida, que um dia tinha saído da casa dos pais pra viajar pelo mundo. Eram coisas diferentes porque, a sério mesmo, um queria ser comunista e o outro queria ser vendedor de cocaína, então a amizade não daria certo.

Mas um foi se chegando ao outro, sempre na calçada, porque os dois eram estrangeiros, não conheciam bem a cidade, não tinham amigos e eram desgarrados. Alexandre fumava baseado e não gostava de cocaína, mas não se importava de ir com Michael até Callao, o porto da cidade de Lima, pra comprar mais pó e maconha. O brasileiro ficava como peixe fora d'água, meio achando que não era pra estar ali, e sim pros lados de La Victoria, o bairro onde morava a escória sul-americana, os índios e os *cholos*. Mesmo assim, acertava o passo pra acompanhar o americano, que marchava firme e decidido pelas ruas escuras do porto, chutando a cidade com suas botas de cano alto.

Eles estavam na calçada quando a *señora* Rosa chegou em casa, voltando do jornal onde trabalhava com o marido. Michael perguntou:

— Quem é essa aí?

— É a dona da casa onde eu tô ficando.

— O que ela faz?

— Jornalista. O marido também. Só que ele tá sempre bêbado, não sei quando trabalha.

Eles ficaram de olho na *señora* Rosa enquanto ela caminhava lentamente pela calçada. Tinha um jeito de mexer os quadris, uma maneira de andar e uma delicada mania de passar as mãos nos cabelos, do alto até os ombros, que faziam dela uma mulher mais bonita ainda.

— Bonitona...

— Gostosa.

E lá ia ela de *slack* e lenço no pescoço, bolsa com alça bem comprida, pendurada no ombro, batendo na coxa, perto da bunda. Os dois, cada um com seus pensamentos, imaginavam ir pra cama com ela.

No dia em que uma amiga do Michael, americana também, ia se casar com um publicitário peruano, os dois foram à festa no centro da cidade, a pé. No caminho, enquanto bebiam o vinho ruim que tinham comprado, Michael perguntou:

— Com a mulher da sua casa já rolou alguma coisa?

— Comigo? Quem me dera...

— Mas você já tentou?

— Não dá.

— Eu tentaria. Iria chegando. Iria vendo.

A festa estava cheia, mas os dois, novos e magrinhos, ficaram sozinhos quase o tempo todo, no canto da sala.

— E aquela ali?

— Conheço. Já foi lá em casa, no apartamentozinho. É suíça.

Um homem chegou perto pra conversar com Alexandre.

— Então você é brasileiro... Faz muito tempo que tá em Lima?

— Nem um mês.

— E veio pra estudar?

— Não. Pra viajar. Quer dizer, eu ia continuar até o Equador, mas gostei daqui e fui ficando.
— Você é amigo dos noivos?
— Nunca tinha visto.
— E veio como, então?
— Com ele.
E apontou pro Michael, que tinha ficado ali do lado, sem sair do lugar, sem conversar, mas também sem procurar mais nada pra fazer. Era assim que começava a amizade dos dois, um perto do outro. O homem então mudou a conversa e falou com o americano:
— Te conheço. Mora atrás do jardim-de-infância, não é?
— Isso. Também te conheço.
O outro se aproximou e abaixou a voz:
— Tem aí?
— Aqui, não. Só lá em casa mesmo. Tá querendo quanto?
— Um pouco. Vou viajar na semana que vem e passo lá antes. Pode ser?
— Quando quiser.
Sozinhos, só um com o outro, Alexandre e Michael ficaram na festa até umas três da manhã e voltaram pra casa, de novo a pé. Passaram pela avenida La Colmena, bem no centro de Lima, e depois pegaram a Arequipa, que dá na praia. Estavam perto da rua onde moravam quando pararam, bêbados de festa, maconha e vinho, e Michael perguntou se Alexandre não queria cheirar um pouco.
— Cheirar é merda, não entro nessas.
— Deixa disso, vamos lá.
Michael tinha um jeito de falar que dava vontade de obedecer, de fazer igual, de ir atrás, e Alexandre foi. Subiu as escadas e entrou no apartamentozinho onde havia uma poltrona velha, uma imagem do Buda, no chão, com uma vela meio derretida na cabeça, um prego na parede, um tapete e, sobre ele, um saco de dormir. Michael mal entrou e correu pro banheiro, arriou as calças e sentou-se no vaso enquanto pegava um embrulho de papel dentro de um saco de plástico, escondido atrás da descarga. Aí, gritou pro Alexandre buscar a coca.

— Mas que porra de cagada fedida é essa!

Alexandre apanhou o embrulho, voltou pra sala e ficou olhando pro pó branco, que soltava faíscas miudinhas contra a luz, como se fosse um tipo de purpurina muito fina, muito preciosa. Pegou um pouquinho com a ponta do dedo melado de saliva e pôs na língua.

Michael chegou, apanhou o pacote e fez duas fileiras em cima de um pedaço de papelão duro. Cheirou, fazendo barulho de quem funga com força pra empurrar catarro garganta abaixo, e ofereceu o resto. Alexandre engasgou na primeira vez, esfregou o nariz com as mãos, sentiu cócegas, mas voltou e cheirou tudo, rápido.

— Aquela mulher da sua casa eu comeria.

— Também.

— Dá um tesão danado.

Ele dizia isso esfregando a mão na braguilha, sem olhar pros lados, sem olhar pra ninguém, como se estivesse sozinho. Só que excitava a sala inteira, mesmo que fosse só pra *señora* Rosa, só pra ela, a mão esfregando a calça bem na braguilha. Alexandre ficou com vontade de ir pra casa pensar na *señora* Rosa. Levantou-se pra ir embora, o que pegou Michael de surpresa:

— Fica mais.

— Não, tá na hora.

Antes de sair, apontou pro banheiro:

— Posso? É pra dar uma mijada.

Michael foi junto e ficaram os dois ali, em pé. Ele deu uma risada miudinha, quase abafada:

— Vamos ver quem acerta o mijo do outro?

Fizeram pontaria. Alexandre tinha um golpe de vista melhor:

— Acertei o seu, cara.

— Mas você não para de mexer, balança o tempo todo.

— Tenta acertar, vai, tenta.

Eles comandavam uma coreografia aquática: primeiro o jato subia, fazia um arco bem marcado e depois descia até o fundo do vaso, com a mesma força e o mesmo desenho curvo que os jatos d'água giratórios de jardim – que também molham a calçada e quem estiver por perto. Quando pararam, não saíram do lugar, como se precisassem acabar o que tinham ido fazer no banheiro, sem terem ideia do que tinham ido fazer ali. Até que o americano deu um gemido miúdo e, ao mesmo tempo, comprido, puxando ar entre os dentes cerrados na boca meio aberta, e começou a se tocar ali mesmo, em pé, sem olhar pros lados, só pra frente, pra parede.

— Porra, cara, para com isso.

Alexandre empurrou Michael pelo ombro e o americano gargalhou alto, como quem se diverte com qualquer coisa: pó, inverno, privada, vinho ruim. Então, o brasileiro foi embora pra casa. Ao chegar, enfiou-se debaixo das cobertas e tratou de dormir.

"Fiquei puto com isso." Rolando na cama, pensou: "Viajei pela América do Sul, tranquei matrícula no primeiro ano do curso da Universidade de Brasília, falsifiquei a assinatura do meu pai numa autorização pra que eu, menor de idade, pudesse tirar passaporte e sair do país desacompanhado, atravessei Goiás, Mato Grosso, Bolívia e metade do Peru, tudo de carona, pra quê? Pra cheirar pó? Pra ficar do lado de um cara com tesão?"

Não conseguia dormir: "O cara, além de ser americano, além de querer virar traficante de cocaína sul-americana quando voltar pra terra dele, gosta dessas histórias. Foda, foda, foda..."

Aí, dormiu. Na manhã seguinte, quando acordou e abriu a porta da biblioteca, onde tinham armado uma cama pra ele, viu as coxas firmes, morenas e redondas da *señora* Rosa, que estava enrolada numa toalha branca, indo pro banheiro, nua por baixo.

Logo depois chegou *don* Marcel, bêbado, vindo da noitada no centro da cidade. Ele olhou pra Alexandre e disse, sem esconder que estava mesmo surpreso:

— Ainda por aqui, camarada? Não vai mais embora?

O menino sentiu um frio na barriga, ficou sem graça, sem saber o que responder. Mas não tinha pra onde ir e queria continuar em Lima. Aproveitou uma semana toda longe do Michael pra assistir a umas aulas da Beatriz, filha do *don* Marcel, que era professora de literatura hispano-americana na Universidade de San Marcos. Foi também a um recital de poemas do revolucionário peruano Javier Heraud, viu uma peça de teatro do grupo Viva América Latina, *Carajo!*, visitou o Museu do Ouro e o Museu da Inquisição, assistiu a alguns filmes chineses, russos e cubanos, tudo que era proibido no Brasil.

Um dia chegou em casa tarde da noite e encontrou a *señora* Rosa sozinha na sala. Ela fumava, bebia e, sem prestar atenção, mexia nas peças do tabuleiro de xadrez em cima da mesinha de centro. Ele disse boa-noite em voz baixa e ia subir as escadas pro quarto quando ela disse:

— Não quer beber um pouco, *Alejandro?*

Na hora ele ficou até sem saber o que dizer, porque ela tinha dito em espanhol:

— *¿Quieres chupar un poco, Alejandro?*

Ele deu meia-volta, um pouco sem jeito:

— Quero, sim.

Ela encheu mais um copo com a cerveja Cusqueña. Ele olhou as mãos dela, cada dedo segurava o copo com um jeito delicado, atento. Ela ora passava a língua nos lábios, pra tirar a espuma, ora alisava os cabelos, do alto da cabeça até os ombros. Tinha vezes em que passava a mão em cima dos seios, pra tirar as cinzas finas do cigarro que caíam sobre a blusa. No entanto, era o jeito de cruzar e descruzar as pernas e de bater os dedos nos joelhos que fazia dela uma mulher tão linda.

Alexandre pôs o copo de cerveja na boca, mas, através do vidro, ainda podia ver a mulher sentada na sua frente.

— A senhora é de Lima?

— Não, limenha não. Sou serrana, não se nota? Saí de lá com 15 anos.

— Por causa do frio?

Ela sorriu. Adorava o inverno, já tinha morado em Moscou.

— Não, *Alejandro.* Eu ainda era uma garotinha, com 15 anos, mais nova que você, quando conheci Marcel. Ele era mais velho, mas como era bonito! O meu poeta...

Marcel tinha se apaixonado por ela, mas quem não se apaixonaria? Quem não ia querer subir montanhas por sua causa?

— Eu não sabia nada da vida, mal sabia ler e escrever, era uma garotinha da serra. Foi Marcel que abriu as portas do mundo pra mim, me pegou pela mão e me levou pra longe. Devo tudo a ele.

Dava pra ver, pelos olhos e pela boca da *señora* Rosa, o quanto ela admirava o marido. O próprio Alexandre sabia do que ela estava falando, porque já tinha visto o jornalista dar uma palestra no auditório do Canal 4, a maior rede de televisão do país. Suas palavras eram um bordado que criava figuras, cores e imagens. O jeito apaixonado de falar do Peru, dos Andes e dos incas estabelecia um elo de paixão com todo mundo que estivesse ouvindo o que ele dizia.

No entanto, a *señora* Rosa ficava sozinha em casa, a noite inteira, esperando o guerrilheiro voltar, com todo o passado enfiado num copo.

Depois da serra, os dois se casaram. Ela ainda tinha 15 anos. Foram então pra Lima e, em seguida, fugiram pra Moscou.

— Voltaram pra cá quando?

— Faz sete anos — ela disse, e cruzou as pernas diante de Alexandre. Ela podia ver que os olhos dele seguiam os movimentos de suas pernas e, por isso, mais uma vez mudou de posição. Alisou os cabelos, encheu os copos de cerveja e continuou:

— Quero te conhecer mais, camarada. Você fala pouco, gosta de ficar no seu quarto lendo até altas horas, sai sozinho.

— É que vocês estão sempre ocupados, e eu invento o que fazer. Mas também queria conhecer melhor a senhora.

Ele levantou-se da poltrona e sentou-se no sofá, ao lado dela. Sem o copo de cerveja que segurava, perderia toda a coragem que juntara pra se sentar ali. Mas ela o encarou de um jeito tão tentador e seguro que ele ficou sem saber o que fazer e o que dizer. Tentou aproximar os lábios, apertando o copo com força pra não ficar com medo de beijar. Só que ela se levantou lentamente e disse:

— Por que não saímos qualquer hora? Uma tarde...

No dia seguinte, Alexandre acordou cedo e foi pro centro de Lima. Vasculhou as ruas comerciais, passou pelas calçadas onde os datilógrafos, com as máquinas de escrever em cima de caixotes, sentavam-se sobre caixas menores e redigiam qualquer documento oficial, procuração ou a-quem-interessar-possa. Passou também por índias de saias rodadas, tranças azuis de tão pretas, chapéus altos e filhos no cangote, que vendiam sucos, espetinhos de coração de vaca e doces de leite. Passou por grevistas, por gente que ia trabalhar no comércio, nos bancos, nos escritórios. Achou pensões e hotéis baratos, sempre no topo de escadarias escuras que suportavam com dificuldade e gemidos sofridos os passos de quem subisse por elas. Perguntou o preço dos quartos. Tudo muito, muito caro. Ele ainda se questionou: "Será que a *señora* Rosa paga?" Mas desistiu: "Não, não ia ter a cara-de-pau de pedir pra ela pagar".

Aí, voltou a procurar Michael e perguntou se podia ficar com o apartamentozinho só pra ele por uma tarde. Explicou que tinha conhecido uma mulher.

— Quem?

— Você não conhece.

— Me apresenta antes e deixo o lugar com você por uma tarde e uma noite inteiras.

— Não complica.

— Facilita, então.

Podia dizer ou podia não ter pra onde levar a mulher. Foi isso que pesou.

— É a *señora* Rosa.

— Vai comer?

— Tomara.

— Feito.

No dia marcado, de tarde, garoava, e ele saiu de casa sozinho. Ela já estava sentada na praça Santos Dumont. Fumava um cigarro, com os ombros do casaco umedecidos. Alexandre atravessou a praça e parou do outro lado da rua, diante da porta que dava pras escadas da casa do Michael, e esperou pra que ela visse onde ele estava. Em seguida, entrou e aguardou atrás da porta. Então, ela entrou. No pátio interno, deu um risinho de felicidade.

— *Ay*, está friozinho!

— Vamos subir, então. Vem.

Mas Michael estava lá dentro, sentado, esparramado na poltrona. Nenhum dos dois sabia o que dizer e o americano ficou rindo, olhando pra eles. A *señora* Rosa, que era mãe de uma menina de 27 anos, tinha classe, sabia se comportar. Estendeu a mão e se apresentou; Michael se levantou e ofereceu a poltrona. E os três ficaram ali, um olhando pra cara do outro, tentando achar um jeito de resolver a equação. Ela percebeu que os dois estavam nervosos e tremiam dos ombros aos joelhos. Michael sorria de orelha a orelha, de tão sem graça que estava. Alexandre meteu as mãos nos bolsos da calça, de olhos baixos. Ela quebrou o silêncio da sala quando pediu alguma coisa pra beber. Michael foi até a cozinha e Alexandre foi atrás.

— O que você tá fazendo aqui?
— Não deu pra sair, não deu.
— Larga de mentira. Sacanagem isso.
— A casa é minha.
Michael pegou um embrulho debaixo da pia da cozinha.
— Você vai voltar pra sala com isso?
— *Why not*?
— Tá maluco?
— Será que ela não tá a fim?
— Dá vinho. Vai por mim, dá vinho.

Os dois voltaram com três copos de vinho. Ela se levantou pra brindar, bebeu um golinho e, em seguida, com os lábios ainda molhados de vinho e a língua perfumada, beijou de leve os lábios de Alexandre. Os olhos amendoados dela estavam mais úmidos ainda; as duas amêndoas sorriam com uma esperança de felicidade tão contagiante que os três ficaram felizes ali, na sala. Depois, ela beijou os lábios de Michael. A felicidade era imensa.

— Vocês são tão novinhos, umas crianças. Quantos anos vocês têm?
— 19.
— Vou fazer 18 — disse Michael.
— E já assim, no mundo. Seus pais não ficam preocupados?
— Os meu ficam.
— Os meus também.

Ela beijou mais, fez carícias, deu risinhos curtos e, de repente, ficou silenciosa, solene, doce. Tirou o casaco e a blusa e mostrou o sutiã que forrava seios pequenos, só um pouco cansados mas lindos, belos, arfantes. Abriu o zíper da saia, que escorregou sobre as nádegas e as coxas, passou sem tocar as canelas e caiu no chão.

Nenhum dos dois rapazes tirou a roupa. Estavam paralisados pela delícia. Não tinham o hábito de ver uma mulher nua e ofegante. Ela desabotoou a camisa de Alexandre, passou a mão pelo peito dele e depois fez o mesmo com Michael, pra ficar entre os dois, abraçada pela frente e por trás, sentindo hálitos que tocavam o rosto e a nuca. Deitou-se no saco de dormir e virou os olhos pra janela:

— Não tem cortina.

Contudo, isso não a impediu de apoiar as solas dos pés no chão, ainda deitada, e fazer dois triângulos com as pernas, que abriram só um pouco, só um pouco mesmo, pra mostrar os pelos escurinhos, azulados, lisos, sem um fio encaracolado, escorrendo sobre a abertura. Dali, ela observava os dois por entre as próprias pernas. Alexandre era o mais magro, com pernas compridas e barriga seca, marcada apenas pelo umbigo. Os cabelos, de um castanho muito claro, tinham cachos grandes, espalhados pela cabeça e caídos sobre a testa e as orelhas. Já os olhos eram pretos, as íris como bolinhas de gude, azeitonas em salmoura. Michael era menos alto e muito loiro, com um buço meio aparente sobre os lábios. Nenhum dos rapazes tinha pelos no corpo, mas Michael tinha mais coxa, pisava com firmeza. Sua cintura rebolava mais quando ele andava, e os olhos eram verdes, levemente verdes.

Alexandre foi o primeiro a ficar de quatro diante das pernas entreabertas dela. Engatinhou em silêncio, feito gato atraído por novelo de lã, e encostou o nariz nos pelos. Sentiu o outro hálito, suave, doce, mas ácido também. Em seguida, Michael fez o mesmo. Ficaram os dois de quatro, pelados, adoradores do mesmo templo, do mesmo altar. Lambiam como gatos com pires de leite, devagar, com a ponta da língua, ora um, ora outro. Olhavam-se, sorriam. Ela balançava a cabeça, apertava os rapazes com as coxas, escorria-se em aguinhas de gozo. Michael se deitou sobre a *señora* Rosa, quis entrar. Ela passou as mãos nos cabelos dele:

— *Con dulzura...*

A *señora* Rosa soltou um suspiro longo, de dentro do peito – como se, entrando, Michael empurrasse o suspiro pra fora. Alexandre assistia à ginástica das nádegas brancas de Michael, que pulsavam, abriam e se contraíam como pulmões de quem sobe montanha. Alexandre foi até ela, ficou de joelhos ao seu lado e, sem saber como mostrar o que queria, sem ter como dizer, ficou apenas parado, ajoelhado. Ela entendeu o que ele implorava com olhos quase chorões; então, segurou e pôs na boca, brincando com a língua. Suas unhas eram curtas, pintadas com esmalte rosa-claro.

Depois, a *señora* Rosa puxou o rosto de Michael e deu-lhe um beijo demorado, sentindo os jatos e pingos dentro dela. Chamou Alexandre, de braços abertos. E foi a vez de Michael, sentado na poltrona, olhar o outro deslizar na abertura molhada e já molinha, flácida; mas não conseguiu ficar longe, chegou mais perto e beijou a *señora* Rosa. Só que, quando Alexandre sentiu que ia gozar, enquanto a mulher se contorcia e apertava o saco de dormir com os dedos, ele ergueu o peito, franziu o rosto avermelhado e, como quem sai pra um lugar e no meio do caminho vai pra outro, em vez de beijá-la ofereceu a língua e os lábios a Michael, que chupou demoradamente a boca de Alexandre até ele relaxar o corpo todo e desabar sobre a *señora* Rosa.

Os dois nunca tinham sido tão sérios e compenetrados. Ficaram sentados no chão, sem roupa, em silêncio, enquanto a *señora* Rosa se contorcia em cima do saco de dormir. Michael só conseguiu sussurrar o que Alexandre quase não ouviu:

— Os pelinhos dela, assim desse jeito, parecem focinho de cachorro novo depois que mama na teta da mãe.

Do corpo todo dela, só o pulso esquerdo estava coberto, pelo relógio de ouro. Ela viu as horas, levantou-se, apanhou suas peças de roupa e foi nua pro banheiro. Quando saiu de lá, estava pronta, arrumada, intacta, como se nada tivesse acontecido.

Mas pros dois era diferente. O que tinha acontecido ali era o começo de tudo, eles não tinham mais como voltar a ser os mesmos. Não eram os primeiros homens dela, nem seriam os últimos. Mas eram, como bem sabiam, os primeiros homens um do outro. Foi por isso que, quando ela saiu e disse que podia ir sozinha, eles ficaram calados por muito tempo ainda, pelados, só os dois, sentados. Um no chão, encostado na parede. O outro na poltrona, passeando os olhos pelo teto, pela parede, pelo prego da parede, pelo Buda com a vela em cima. Até teriam o que dizer, mas não sabiam bem.

Michael era vegetariano, e Alexandre tinha achado que o hálito dele era de grama fresca, de capim verde. Michael tinha ficado com a impressão de que o gosto daquele beijo era uma mistura especial de tabaco, saliva nova e vinho peruano. Não falaram nada, muito menos da *señora* Rosa.

Depois daquele dia, a situação ficou constrangedora. Não que a *señora* Rosa tivesse começado a tratá-los mal, porque dava pra perceber nos olhos dela que o prazer tinha ficado por vários dias e muitíssimas noites. Mas Alexandre sentia-se pouco à vontade. Ou se trancava na biblioteca pra ler ou saía de casa sem hora pra voltar e sem ter o que fazer em canto algum. Só caminhava – e, como fazia sucesso a música do exílio londrino de Caetano Veloso, fez uma pequena alteração na letra original e passou a cantarolar, enquanto andava sem rumo, "*I am wandering round and round nowhere to go, I am lonely in Lima, Lima is lovely, so*". Até pensou em voltar pra casa, mas o dinheiro que seu pai tinha ficado de mandar não chegava nunca. Ele ia todos os dias ao banco pra ver se estava lá.

A vontade de ir pra cama mais uma vez com a *señora* Rosa não tinha passado. Ela estava ali, firme e forte. No entanto, era melhor que isso não acontecesse.

Às vezes, *don* Marcel descia as escadas, por volta do meio-dia, pra almoçar com a família. Numa dessas vezes, ao levar a primeira colherada de sopa à boca, largou tudo sobre a mesa, num estardalhaço agudo de talher batendo na louça, cobriu o rosto com as mãos e chorou sem parar. Por nada, só por uma tristeza profunda, imensa, inapelável. Era pela União Soviética que ele chorava? Pelo Peru? Pela beleza conservada de sua mulher? Suas lágrimas podiam ser poesia pura, mas Alexandre, estático, num silêncio mais barulhento que o choro do outro homem, achava que era culpado por pelo menos cada dois copos extras que *don* Marcel bebesse toda noite.

Entretanto, ele esquecia dessas coisas quando cheirava pó com Michael. Cheiravam e saíam, iam andar, ver as ondas do Pacífico espumarem nas areias da praia de Miraflores ou de Barranco. Observavam também os índios que desciam as montanhas e se espalhavam pela cidade de traços europeus. Nunca mais tinham tocado no assunto do beijo, e Alexandre até preferia quando chegava mais alguém no apartamentozinho pra comprar cocaína ou *marijuana*. Além disso, como passou a ajudar o amigo no fornecimento, pesando o pó ou embrulhando as doletas de maconha, começou também a ganhar alguns soles, que eram o único dinheiro que tinha pra viver.

Michael também parecia gostar do arranjo que faziam aos poucos, sem falar muito, só deixando acontecer. Alexandre cada vez mais preferia ficar ali, muitas vezes não ia pra casa nem pra dormir nem pra tomar banho. Com parte do dinheiro que tinha, comprou um cobertor grosso, forte, dobrou ao meio, costurou o outro lado e fez um saco de dormir, que colocou também em cima do tapete da sala. Era ele que, à noite, molhava o dedão e o indicador pra apagar a vela em cima da cabeça do Buda.

E assim a amizade foi dando certo, sem ter de dar certo. Preocupavam-se juntos com a dívida acumulada com Lalo, o fornecedor de cocaína que vivia em Callao. Michael já misturava as roupas, saía com a cueca de Alexandre e depois jogava-a no canto da sala, suja. Por isso, Alexandre também usava qualquer roupa do amigo e, quando saía pra comprar comida, *camotes*, *paltas*, *cebiche*, *lechugas*, *papas* ou *dulce de leche*, comprava pros dois. Não eram mais um, eram dois.

Só que aí apareceu Pilarsita Swayne.

Depois do *chicharrón*

Alexandre acabou saindo da casa de *don* Marcel. Aproveitou que Michael e ele iam viajar até Ayacucho, cidade na serra peruana, pra se mudar de vez pro apartamentozinho.

Entrou na casa, ficou diante da *señora* Rosa e disse:
— Vou viajar hoje à noite.
— Volta quando, *Alejandro*?
— Não tem dia certo. Vou com o Michael.

Ela ficou em silêncio, lembrando talvez do beijo dos dois rapazes. Ele imaginou que ela podia estar pensando nisso e abaixou os olhos.
— Aliás, vou deixar minhas coisas lá.

Ela se demorou no silêncio, acendeu um cigarro, reclinou-se no sofá e cruzou os braços.
— É que assim desocupo a biblioteca de *don* Marcel.
— Você está indo embora?
— Não. Vou ficar na casa do Michael, aqui do lado.

Don Marcel não se importou quando soube que o camarada tinha se mudado pra outra casa na mesma rua. Havia mais de dois meses que ele não sabia que Alexandre estava ali, nem percebeu que a biblioteca estava novamente desocupada.

Alexandre e Michael subiram a serra de trem, e nevava na paisagem vista pela janela. Ayacucho é uma cidade andina que fica a mais de três mil metros de altura. O brasileiro, sentindo o corpo entorpecido pela altitude, mascou folhas de coca, que, depois de serem ruminadas e cuspidas, entorpecem tudo: corpo, alma, pensamento, além de tirarem a fome e acabarem com o frio. Os índios, por isso, são todos ruminantes. Mas o frio corria solto pelas ruas da cidade antiga, com casarões do século XVI. Alexandre não se importava com nada, apenas seguia os passos firmes de Michael, na sua frente.

Na manhã seguinte, acordou mais cedo e saiu sem Michael. Foi até o mercado, onde duas índias, de saias azuis rodadas enfeitadas com rosas vermelhas, amarelas e roxas, cantavam um *carnavalito* aos berros, com vozes agudas como se fossem cordas de guitarra prestes a arrebentar, de tão esticadas e tensas. Uma delas gritou:

— *¡Baila, gringuito!*

Os índios são tímidos e não se aproximam, só espiam, com os mesmos olhos vesgos e soberbos das lhamas, e depois somem, como os condores que batem asas pra longe.

Alexandre comprou um prato cheio de *chicharrón* com *papas*, que comeu em pé mesmo. Numa mesa longa, com bancos compridos dos dois lados, estava sentada Pilarsita, sozinha. Ele sorriu. Ela, serrana, elegante e caprichosa, desviou o olhar. Ele sentou-se e, com um gesto, ofereceu um pouco do *chicharrón*. Ela riu sem olhar pra ele, mas, logo em seguida, murmurou:

— *No, muchas gracias. Es chancho, no me gusta.*

— O que é *chancho*?

Ela procurou a palavra. Achou:

— *Cerdo.*

— Ih, complicou. E *cerdo* é o quê?

Ela riu baixinho. E tentou imitar:

— Oinc-oinc.

Alexandre olhava com atenção enquanto ela, com os dedos dos dois lados da cabeça, imitava orelhas grandes, em pé.

— Ah, porco!

Aí, foi a vez dela de oferecer o pão e a caneca de café, com timidez, como um bichinho que tenta chegar perto de alguém mas se

afasta, arisco. Ele puxou mais conversa, de olho nos cabelos lisos e pretos dela:
— Você é de onde?
Ela nem olhou pra ele na hora de responder. Mirava o pão:
— Daqui, de Ayacucho mesmo.
— Mora aqui?
— Em Lima. Eu estudo psicologia na Universidade Católica.
Os dois sorriram um pro outro. Ela ficou mais ousada e perguntou:
— Passeando?
— *Sí, soy turista.*
— Se você quiser, mostro a cidade pra você. Quer? Mostro os sítios arqueológicos.
— *¿Ahora?*
Ele estava com vontade de ir ao banheiro, e ela respondeu:
— Que tal depois do almoço? Aqui mesmo, no mercado.
Alexandre correu de volta pra pensão, entrou às pressas no quarto onde Michael ainda dormia e procurou o banheiro.
— O que é?
— Desarranjou tudo.
— O que você comeu?
— *Chicharrón.*
— Carne de porco a esta hora, cara? Queria o quê? Tem que cagar mesmo, até limpar as tripas.
Quando saíram do hotel, os dois juntos, os olhos de Alexandre estavam até fundos, sem muito brilho, por causa dos *chicharrones*. Encontraram Pilarsita depois do almoço, no mesmo ponto do mercado, mas desta vez era ela quem estava com pressa, porque tinha de encontrar a mãe. Combinaram de se ver à noite, ela passaria na pensão e eles sairiam.
— Onde você conheceu a Pilarsita?
— Aqui mesmo, hoje de manhã.
— Magra demais, cara.
— Acho bonita.
— Muito magra. Sem peito.
— Americano só pensa em teta.

(33)

— E você, só pensa em quê?

Quando se encontraram à noite, ela convidou Alexandre pra ir a um comedor público que servia *lomo saltado* com muita cebola, mas Michael fez cara de nojo e disse que aquilo era carne de vaca, que preferia uma alimentação saudável. A coisa chegou a tal ponto que Pilarsita e Alexandre, em comum acordo, decidiram ir sozinhos. Combinaram que depois encontrariam Michael na *plaza* Sucre, perto da estátua, mas esperaram um bom tempo e o americano não apareceu.

Pilarsita notou a impaciência do brasileiro. Ele convidou:

— Vamos passar lá na pensão?

Foram já de mãos dadas, ela querendo andar mais devagar e mostrar a cidade, ele apertando o passo, sem falar muito. Já na portaria perguntaram pelo americano, que não tinha voltado, e entraram no quarto. Em vez de aproveitar o quarto vazio, Alexandre olhou pela janela, que dava pra uma ruazinha estreita e com pouca luz, pra ver se Michael estava chegando.

Mesmo assim deram uns beijos, uns abraços e se sentaram na cama. Ele perguntou se ela queria fumar unzinho.

— Quero.

Fumaram e continuaram sentados na cama, mas nessas horas é mais comum rir à toa, achar uma paisagem na parede e notar uma beleza secreta na janela do que ficar se beijando ou se esfregando. Pilarsita tinha um riso fininho, interminável, baixo. Ele passou a ponta dos dedos sobre os seios dela, por cima da blusa. Eram pequenos mesmo. E bonitos, durinhos. Apertou sua coxa. Ela se estirou na cama, molhando devagarzinho os lábios com a língua, com os olhos espremidos, quase fechados. Alexandre ouviu o barulho de passos no corredor.

— É o Michael — ele disse, ajeitando-se na cama.

Mas não era. Os passos seguiram em frente pelo corredor. Como Alexandre tinha se levantado, aproveitou e perguntou se ela não queria voltar pra praça e ver se Michael não tinha aparecido. Ela ficou desapontada, mas não demonstrou, só pensou um pouco. Ajeitou a blusa, apanhou a bolsa e disse:

— Tá, vamos.

Sem encontrar Michael, ele levou Pilarsita até a porta de casa e marcaram de se ver no dia seguinte. No caminho de volta, foi devagar, olhando os bares e restaurantes, mas não encontrou o americano, que ainda não tinha voltado pra pensão quando ele perguntou outra vez na portaria.

Então, ficou na calçada esperando. Fumou quatro cigarros, ficou preocupado, imaginou que alguma coisa podia ter acontecido. E só às seis da manhã, quando estava muito frio, Michael apareceu, chapado, sem dizer nada. Nem tirou a roupa e se enfiou na cama, debaixo das cobertas.

— O que houve? Onde é que você tava esse tempo todo?

Michael nem respondeu. Deu uma resmungada gosmenta, com os músculos da boca retesados.

— Porra, tava preocupado! Você some! Se você aparecer esgoelado num beco aí, não sou eu quem vai avisar sua família, não. Se vira!

Enfim, dormiram. E só acordaram quando era mais de meio-dia e tinha alguém querendo entrar. Michael levantou ainda chapado, de olhos fechados, e abriu a porta. Era Pilarsita. Ele não disse nada, nem *buenos días* nem *hola* nem *qué tal*, só deixou a porta entreaberta e foi pro banheiro. Ela entrou e viu Alexandre ainda dormindo, com a cara virada pra parede. Sacudiu o ombro dele e disse:

— *Apurate*. Minhas amigas tão esperando no carro.

Alexandre se animou:

— Pra quê?

— A gente tá indo pra Huanta, já foi lá? É um *pueblito* aqui perto, lindo.

Alexandre se sentou na cama, esfregando os olhos. Michael voltou do banheiro, sentou-se na outra cama e ficou ouvindo a conversa, seguindo com os olhos cada um que falava. Ela disse:

— Então você apareceu? A gente te procurou pela cidade toda, ontem.

Ele não falou nada, ficou calado, nem sorriu.

— Tava onde?

Ele não respondeu. Não queria falar, só olhava pra ela, enquanto ela falava, e pro Alexandre, enquanto ele procurava a calça pra vestir por cima da cueca. Ela falou outra vez do passeio até Huanta, onde vivia sua *abuelita*, que fazia os melhores *chicharrones* do mundo.

— Aquele que comi ontem no mercado me caiu mal.

Ela perguntou pro Michael:

— Você se importa de não ir? É que não tem mais lugar no carro...

Disse isso com um sorrisinho miúdo no rosto, parecendo provocação. Ele não respondeu, ficou quieto. Alexandre, que já estava pronto, quis saber:

— Dá tempo de comer alguma coisa? Queria tomar um café.

— Sim, mas anda logo.

Aí, ele se virou pro Michael:

— Vamos lá?

— Não vou, nada.

— Vamos lá, cara. A gente toma café no mercado.

— *No. I'm staying.*

— Mas o que custa? Vamos lá.

— *No!*

E olhou com raiva mesmo, com os olhos parados, meio gelados, fixos em Alexandre. Era como se desse um ultimato: ou vai com ela, ou fica. O brasileiro, aparentemente, não percebeu muito bem a encruzilhada, mas Pilarsita sim:

— Qual é seu problema?

Era melhor que ela não tivesse perguntado. Era pura provocação. Ele se levantou de uma vez só, feito bicho que pula pra dar o bote, e falou:

— Vai embora, *out*, *vete*, se manda!

Ela ficou estatelada, não conseguia acreditar no que estava acontecendo. Alexandre entrou no meio:

— Ei, para com isso.

Michael empurrou Pilarsita pelo ombro pra colocá-la porta afora. Ela reagiu, Alexandre empurrou Michael pra dentro do quarto; foi aí que ele deu um soco na cara do brasileiro, puxou Pilarsita pelo braço até o corredor e trancou a porta. Os dois ficaram ali dentro,

DA VIDA DOS PÁSSAROS

Alexandre caído em cima da cama, com a mão no olho machucado. Michael sentou-se ao lado dele, bufando. Tentou falar alguma coisa, mas recebeu como resposta um pontapé bem na coxa.

— *Coño.*

Levantou-se para ir atrás de Pilarsita, mas Michael o agarrou. Abraçou, apertou nos braços, segurou com força. Ele tentou se livrar, porém Michael fez uma concha com a mão e apertou a braguilha de Alexandre, sem tirar os olhos dos olhos dele. Alexandre parou de se movimentar, olhou nos olhos do outro também. Aí se beijaram, e foi um beijo demorado, comprido, sem parar nunca, desses beijos em que a cabeça se inclina pra direita e depois, sem desgrudar os lábios, vai pra esquerda e vice-versa. Os dois se agarraram com força e tiraram as roupas em pé mesmo, até ficarem nus. Os dois corpos estavam gelados, menos os pelos, que ardiam de calor, se esfregando uns nos outros. Tinham muito fôlego, não paravam de beijar. Alisavam-se, procuravam-se com as mãos. Michael gostava de apertar, de deixar marca na pele, até de morder. Gozaram deitados na cama, ainda aos beijos, um segurando o outro na mão.

Depois, deitados um ao lado do outro, ainda pelados e melados, Michael disse, querendo explicar tudo – sumiço, silêncio e soco:

— *We only get mad at people we love*, Xande.

Só que ninguém, até aquele dia, tinha dito *I love you* pro Alexandre, e Michael nunca tinha dito que amava alguém até aquele dia. Alexandre respondeu:

— *Yes*, Mike.

A invasão dos pelicanos

A questão era a seguinte: nos dias que se seguiram, em que os dois já estavam juntos, quem ia fazer o que na cama?

Eles não pensavam nisso o tempo todo. Estavam mesmo empenhados em aprender como se faz isso de ficar junto, de se exaltar de alegria sem dizer que está alegre – mostrando, apenas, quando está do lado do outro. E aprendiam também a beijar só pelo prazer de beijar, de roçar e cheirar, por mais nada. Além disso, parecia que Michael estava satisfeito com o jeito que as coisas estavam. Gostava de abraçar com força, de ficar junto sem olhar pra mais ninguém. Gostava de marcar encontro pra depois, na praia, num bar, e chegar na hora certa. Até se mostrava chateado quando Alexandre chegava atrasado.

Já com Alexandre era diferente. Olhava pra todo mundo, se excitava com pernas, mãos, bundas, peitos, caras e bocas. Quando ia à casa de *don* Marcel, olhava pra *señora* Rosa e ficava teso, com vontade. Não esquecia. Queria outra vez, junto com Michael, que já não falava nisso, nem cumprimentava mais a mulher quando passava por ela, como se nunca tivesse visto a figura.

Por isso, quando os pais de Michael foram passar uns dias em Caracas, a capital da Venezuela, e ele foi encontrá-los, com passagem aérea paga e tudo, Alexandre procurou Pilarsita, que morava na casa de uma tia muito rica no bairro de San Isidro. Eles não só foram pro apartamentozinho como também dormiram lá duas noites seguidas, quase feito casal casado. Numa das noites, ele pediu pra experimentar de outro jeito, com ela deitada de bruços. A reação dela foi quase de nojo.

— Mas por que não?

— Não gosto.

— Já experimentou?

— Tem coisa que é assim, a gente não quer nem experimentar e já sabe que não gosta.

E pôs um ponto final na história.

Foi nesses dias também que Pilarsita foi apresentada à *señora* Rosa, quando se encontraram por acaso na *tienda* que vendia cigarros. Aí Alexandre ficou imaginando como seria ir pra cama com as duas e fazer de tudo; a *señora* Rosa pensou que o brasileiro tinha desistido do americano e dessas coisas de *muchacho* com *muchacho*; e Pilarsita só pensava com qual dos dois, se com Michael ou com aquela mulher, Alexandre já tinha ido pra cama.

Mas depois foram pra casa de *don* Marcel e lá tomaram chá, fumaram e jogaram xadrez, um jogo muito do gosto peruano. No fim, as duas trocaram telefones, pra se falarem depois. Isso porque a *señora* Rosa também era de Huanta, onde vivia a avó de Pilarsita.

A *señora* Rosa também foi ao apartamentozinho enquanto Michael estava em Caracas com os pais. Foi uma vez só, de tarde, e Alexandre, já abraçado com ela, falou baixinho, cochichando no ouvido dela:

— Deixa eu beijar suas costas todinhas?

Ela se virou. Alexandre estava apressado, mas ela pediu:

— *No, así no. Besame.*

Ele beijou e cheirou a nuca. Beijou as costas, mas continuava com pressa.

Ela quase gemeu:

— *Despacito.*

Então ele beijou também as nádegas lisinhas, deu mordidas leves que faziam as pernas dela se levantarem só um pouquinho, como uma reação ao prazer. Ele já estava se acostumando ao ritmo, estava aprendendo o jeito secreto e mágico de abrir portas.

— Eu quero. Deixa?

Ela abriu um pouco as pernas, fechou os olhos, respirou curtinho. Ele se deitou em cima dela e sentiu que era mais contrito, mais firme, mais apertado. Prestou atenção pra ver como ela reagia, que cara fazia enquanto segurava as mãos dele e apertava com força. Ela se esticava e às vezes se encolhia, espreguiçando-se arrepiada. Os olhos dela jorravam prazer. Ele ia segredando pra ela:

— Como é bom, como é bom.

— *Sí, dame más.*

Quando estavam juntos, de tarde, em casa, Michael e Alexandre também namoravam. Um dia namoricavam quando Alexandre, sentado no chão com Michael deitado em seu colo, disse assim:

— A gente se conheceu naquele mesmo dia em que os palestinos invadiram os alojamentos das Olimpíadas em Munique.

— Quando quem fez o quê?

— Os palestinos, da Palestina, mataram os atletas.

— É...

— Nunca mais vou esquecer esse dia, sabe?

Ou então era a vez de Michael:

— Você gosta de mim ou da cocaína que eu tenho?

— Dos dois.

— Sacana. Mas, se fosse pra escolher, escolhia quem?

— Você vai fazer isso comigo? Pedir pra eu escolher?

— Responde, porra.

— Escolhia você.

No entanto, em vez de ver que era o momento certo pra dar uns beijos gostosos e demorados, Alexandre virava pro lado e fazia um baseado ou arrumava uma carreira de pó. Michael só ficava olhando, achando que o outro tinha mentido. Alexandre emagrecia a olhos vistos. Tinha 1,80 m e não chegava a pesar nem 65 quilos. Os cabelos estavam compridos, anelados, e batiam nos ombros. E cada vez falava menos. Fumava ou cheirava e ficava calado, com os pensamentos longe de qualquer lugar.

— Sabe o que eu achei quando te vi pela primeira vez? — Michael perguntou.

— O quê?

— Que você tem olhos de pidão. Parece que tá sozinho no mundo e que não tem ninguém.

— É que a América do Sul é tão grande e eu sou um só. E depois, naquela época, eu não sabia falar espanhol direito e nem te conhecia.

Alexandre emagrecia cada vez mais e não comia direito. Às vezes ia a um restaurante e pedia um *segundo*, que era mais um prato feito do que qualquer outra coisa, mas nem sempre comia. Frequentemente, entrava na dieta de Michael e passava dias só comendo *plátanos, papaya, piña, naranjas y melocotón*. Tanta fruta fazia que ele se sentisse açucarado por dentro.

Foi bem durante uma dessas dietas pra limpar o organismo que a cidade de Lima foi invadida por pelicanos do Pacífico. É que a Corrente de Humboldt, que leva cardumes imensos e variados pra costa peruana, estava fraca naquele ano – não por conta de reveses da natureza nem por algum El Niño, mas, diziam, por causa de experiências atômicas no Pacífico Sul. Assim, os pelicanos passavam fome e entraram na cidade. Alexandre chegou, inclusive, a comentar com Michael:

— Eu vim pro Peru porque tinha visto um filme chamado *Les oiseaux vont mourir au Pérou*, do Romain Gary, um russo criado na França.

— O que isso quer dizer?

— "Os pássaros vão morrer no Peru." E olha aí, estão morrendo mesmo. De fome.

Contudo, os bichos tinham estratégias. Primeiro, um pousava em cima de algum muro perto de uma barraca de peixe. Depois, mais um. Aí, outro. Em seguida, dezenas e, de uma vez só, num ataque, cobriam a barraca. Quando iam embora, não tinha mais peixe, não tinha mais nada. Algumas vezes, pousavam no centro da cidade, nas escadarias dos prédios neoclássicos ou no asfalto das avenidas. Engarrafavam a cidade. Como vacas pesadas e lentas, nem se importavam com buzinas e gritos. Então, Alexandre teve a ideia de experimentar carne de pelicano, chegando até a inventar pro Michael que era carne branca, que não fazia mal, o ruim era comer carne vermelha. Só não sabia como fazer, até que se lembrou de quando o pai dizia que o jeito certo de pegar pato era amarrar um pedaço de comida na ponta dum barbante comprido e pescar o animal. Foi o que fez: comprou sardinha em lata, amarrou em um fio de náilon e esperou, na praça perto do Museu do Ouro, bem no centro de Lima. Deu certo até determinado ponto. Primeiro, demorou bastante tempo até que os pelicanos saíssem na bicada pra ver quem teria o direito de comer a sardinha. Aí, o bicho vencedor veio, mordeu a isca e engoliu junto o fio de náilon. No entanto, Alexandre não contava com o peso e a força de uma ave daquele tamanho, muito maior e mais forte que um pato de quintal. Logo, o pelicano voou pra longe, com o fio de náilon pendurado no bico, feito pipa subindo pro céu, perdida do dono.

Uma tarde, enquanto enxotavam as aves da praça Santos Dumont, a *señora* Rosa se aproximou e disse pro Alexandre que Pilarsita tinha telefonado. Quando ela se afastou, Michael, que tinha ficado calado o tempo todo, perguntou:

— Que história é essa?

— Você tava viajando.

— E daí?

— E daí nada.

Alexandre tinha medo dos ataques de fúria de Michael, a verdade era essa. Ficava com um pé atrás.

— Ela veio aqui em casa?

— Veio.

— E aí?

— E aí nada.

— Deixa de onda.

— Tô falando, nada.

Os dois ficaram em silêncio, um olhando pra cara do outro. Ali, naquela demora de olhar, Alexandre teve coragem de dizer:

— Não te entendo. Sinceramente.

— Não tem nada pra entender. Não gosto dela, só.

— E o que você tem com isso?

Foi mais um silêncio comprido, cara a cara. Alexandre falou:

— Parece que eu e você, que a gente tá namorando, sei lá, é esquisito. Tamos namorando? É isso? É ou não é? Se for, fala *"yes, it is"*. Se não for, fala *"no, it isn't"*.

Michael fechou a cara, emburrou. Já Alexandre, que não gostava quando ele ficava naquele estado, voltou pra casa, tomou banho, se vestiu e saiu batendo a porta, sem dizer pra onde ia nem a que horas voltava. Não percebeu que Michael foi atrás, alguns passos atrás, tomando cuidado pra não ser visto.

Ele foi pros lados de San Isidro, a pé, sem muita pressa, como se fosse por acaso. Em meio a seus pensamentos, não olhou pros lados nem pra trás. Quando ficava assim, pensando, dava pra sair de perto sem que ele notasse, dava até pra pôr música alta que ele não ouvia. Alexandre tinha o dom de sumir pra dentro dele mesmo.

O que ele queria saber, pensando ali, era a resposta que Michael não tinha dado. *Yes, it is* ou *no, it isn't*? O que era aquilo que ocupava tanto espaço e não era chamado de nada? E, depois, tinha Pilarsita, que ele também não sabia o que era, se era só pra ficar junto e transar ou se pra pensar em algo mais. Só que era o Michael o homem da sua vida, coisa que estava estampada, clara, evidente. Mas geralmente a gente só vê o que quer e fica cego pro resto, feito ele ali, andando sem ver Michael logo atrás.

Chegou na rua onde ficava a casa da tia de Pilarsita. Na frente, um gramado extenso, bem aparado, verdinho. Mais no alto, como em um pedestal, a casa, sem cerca, sem portão, sem nada, só a grama e o casarão no topo, bem no centro. Dava pra ver pelas janelas enormes de vidro que as luzes da sala estavam acesas, mas não tinha ninguém. Ele ficou parado ali, chateado pelo fato de a casa estar vazia, sem saber o que fazer, sem vontade alguma de voltar pro apartamentozinho. Foi nesse exato momento que Michael chegou por trás e perguntou o que ele estava fazendo ali.

— Que susto!

— Calma, *easy, buddy. I'm just asking.*

— Onde você tava?
— Caminhando, como você.
— *Oh, yeah*? E só por acaso veio pro mesmo lado que eu?
— *It's* Pilarsita, *right*?
— É. O que tem?
— Nada, calma. Cadê ela?
— *Ni idea*.

Os dois saíram dali caminhando sem combinar nada e, logo em seguida, acharam um desses bares limenhos que mais parecem um cômodo de uma casa, com quatro mesas de madeira, cadeiras e gente bebendo. Beberam muito, muito mesmo. E, quando já estavam começando mais uma garrafa, Alexandre perguntou:

— Você tava me seguindo?
— Tava.

Pro Michael, as coisas não guardavam muitos segredos. Por isso, se perguntavam, ele dizia. Alexandre se levantou e foi até a calçada, onde uma mulher e uma criança vendiam *anticuchos* no espetinho. Michael veio atrás e implicou:

— Isso é coração de vaca. Como é que um ser humano come isso?
— *Fuck off*.

Voltaram a caminhar. Já era tarde da noite, as luzes se apagavam, fumaram um baseado grande, molhado com muita saliva do Michael. Alexandre voltou pra casa da tia da Pilarsita e ainda não tinha ninguém, parecia abandonada.

— Será que viajaram?
— Vai ver tão mortos lá dentro.

Michael riu da própria brincadeira e ficou assim, rindo em pé diante do gramado bem aparado, até que perguntou:

— O que você quer com essa menina? Você sabe?

Alexandre estava irritado, cansado e bêbado. Preferia até ficar sozinho.

— *Tú no computas nada. Eres un vacilón*.
— *Me*? Eu é que não saco nada? Eu? *Vacilón eres tú*, que ainda não entendeu nada de nada, *buddy. No way*.
— Quer saber, cara? Se manda, vai procurar o que fazer, me deixa.

Michael se afastou como se fosse embora, mas, no meio da rua, apanhou um tijolo e, de surpresa, quebrou a janela de vidro da casa. Alexandre deu um pulo pra trás; porém, em vez de ir embora, ficou ali parado, maravilhado com os cacos de vidro, com a janela quebrada, a parte de dentro da casa brilhando com tanta luz. Ninguém, ninguém mesmo, foi ver o que estava acontecendo, ninguém acordou, nenhum carro ou gente a pé passou na rua; eram só eles dois ali, naquela hora, estáticos, encantados, em silêncio.

Michael entrou primeiro. Olhou a sala imensa, com chão de mármore português, móveis coloniais de verdade, tapeçarias e quadros nas paredes, candelabros, cinzeiros, antiguidades, tudo de prata. Quando Alexandre também entrou, os dois começaram a recolher a prataria. Puxaram o tapete persa pequeno que ficava perto da porta e fizeram uma trouxa. Saíram da casa lentamente, como se sempre entrassem e saíssem pela janela quebrada, como se não fosse nada de mais estar ali. E só no momento em que dobraram a esquina e entraram em outra rua, mais escura, começaram a correr. Pararam quando chegaram ao apartamentozinho.

Estavam sem fôlego, nem olhavam pra trouxa largada no centro da sala. Ficaram em pé, sem dizer nada, esperando a respiração voltar ao normal. Começaram a rir baixo, sem olhar um pro outro; mas, quando os olhares se encontraram, o riso aumentou, virou gargalhada, e se agarraram ali no centro da sala.

Então se beijaram, se apertaram e se chuparam no pescoço, nas orelhas. Alexandre tirou a roupa toda e se deitou sobre o saco de dormir. Mike, pelado também, deitou por cima. Era como se ainda estivessem dentro da casa da tia de Pilarsita, como se o tesão, o calor e a agitação do roubo ainda estivessem na pele dos dois. Alexandre abriu as pernas. Michael olhou nos olhos dele, surpreso, parecendo perguntar se realmente podia, e fez força, empurrando a barriga pra frente. Alexandre passou as pernas por volta da cintura do outro e o ajudou a entrar. Queria tudo. Michael arfava, sorrindo; até com os olhos ele sorria, brilhava:

— É isso que você quer? Hein? Hein? Diz, é isso que você quer? É?

Alexandre se contorcia, se babava por dentro, mordia tanto os lábios que doía. E sorriu com os olhos quando disse:
— É. É.
— É, Xande? É isso que você quer?
Ele sorriu, riu, mexeu com a cintura:
— É. Vem.
Ele se lembrou da cara de delícia da *señora* Rosa e também do que ela dizia, e repetiu no ouvido do Michael:
— *Despacito, despacito.*
As línguas, uma na boca do outro, iam e vinham, entravam e saíam, até os dois descobrirem, juntos, que não precisavam ter pressa, que cada empurrão, o de um pra entrar e o de outro pra receber, podia ser lento, arrastado, até bem demorado, *despacito*, como se fosse pra não ter fim nunca mais. Mas essas coisas são pra ter fim, ou pelo menos um intervalo até começarem outra vez, outro dia, outra hora. Quando terminou, ficaram os dois ali, abraçados, do lado da prataria roubada.

Santa Rosa de Lima

A ideia era simples: entregar as coisas roubadas pro Lalo, o fornecedor de Callao, e saldar a dívida com ele.
— Ele vem aqui pegar?
Michael não gostou:
— Não, é melhor a gente levar.
— Mas como a gente vai levar tudo isso até Callao?
— Na mochila.
— Na minha não cabe.
— Nas duas, na minha e na sua.
— E vamos pegar ônibus com a mochila fazendo blém-blém? É tudo prata. Faz um barulho da porra.
— Melhor pegar um táxi.
— Vai sair uma fortuna. Callao é longe.
— E isso tudo aqui, você acha que não vale uma fortuna? Vem, vamos pôr essas coisas na mochila.
Então, alguém bateu na porta. Michael pôs o dedo indicador diante da boca e pediu silêncio, sem nem se mexer. Alexandre ficou acocorado, meio espantado, tremendo. Michael sentiu vontade de gargalhar, mas segurou. Era assim: um era do Brasil, não tinha nenhuma garantia, não tinha, por assim dizer, nem eira nem beira, estava solto na América do Sul. O outro era dos Estados Unidos, tinha pai e mãe ricos, donos de companhia de petróleo; tinha cartão de

crédito e *travelers* cheques, podia ligar pra casa de qualquer telefone público. Por isso, um riu e o outro ficou apavorado.

Minutos depois, um pedaço de papel passou por baixo da porta. Os dois não se mexeram até que os passos se afastaram. Então, Michael se levantou e leu.

— É pra você.

— Pra mim? De quem?

— Da mulher dali do lado. A *señora* Rosa.

— Me dá aqui.

"Me llamó tu amiga Pilar. Es urgente. Rosa."

— Será que ela sabe?

Michael fez pouco caso:

— *Noooooooooo*. Quer é dar uma trepada e tá com urgência.

Acabaram de guardar tudo nas mochilas e apertaram um baseado. Alexandre disse, então, que era melhor ver o que Pilarsita tinha dito pra *señora* Rosa, pra não parecer que estavam se escondendo, pra ser mais natural. E foi.

— Sabe o que aconteceu, *Alejandro*?

Ele pôs as mãos nos bolsos, parado diante da *señora* Rosa. Nessas horas de nervosismo, ele sempre fazia isso. E abaixava os olhos também.

— A Pilarsita, coitadinha, me ligou em pânico. Assaltaram a casa da tia dela, em Miraflores.

— San Isidro.

— Sim. *Ay*, desculpa, mas até eu fiquei nervosa.

— E já pegaram os ladrões?

— Não, imagina, aqui em Lima a polícia nunca descobre nada, são uns incompetentes.

Alexandre, mais do que nunca, gostou do que a *señora* Rosa falou.

— E ela disse que queria tanto falar com você, pediu pra você ir lá.

— Tá. Depois eu vou.

Voltou pra casa e disse que era melhor irem logo pra Callao se desfazer das pratas. Puseram as mochilas nas costas, abriram a porta e quem estava lá, chegando justamente naquele momento? Pilarsita.

— *Fucking Jesus Christ!*

Alexandre ficou sem saber o que dizer, ficou parado, em pé, com a mochila pesada pendurada nos ombros. A prata lá dentro parecia brilhar.

Ela entrou falando:

— Assaltaram a minha casa. Minha tia tá quase morrendo. Não tinha ninguém na hora, era o aniversário do meu primo, num restaurante.

Alexandre teve presença de espírito:

— Calma, Pilarsita, *estás muy nerviosa*. O que foi?

— Quebraram a janela, entraram e roubaram... tudo coisa de valor.

Nesse momento, ela olhou pra sala do apartamentozinho e viu, no chão, bem ao lado do Buda, a imagem da Santa Rosa de Lima, padroeira da América, do Peru e das Filipinas, com o Menino Jesus nos braços e a guirlanda de rosas na cabeça. Não disse nada, apenas olhou demoradamente pra santa, depois pros dois. Atravessou a sala, apanhou a imagem e, aí sim, disse:

— *¿Están locos?*

Alexandre sentiu o chão se abrir debaixo dos seus pés. Tinha sido ideia dele não levar a santa pra Callao, tinha achado a imagem bonita.

— E ainda por cima quebrada! Quem quebrou o pé do Menino Jesus?

— Foi ontem, na correria.

Michael esbravejou, irritado:

— *Who was running? When? This saint is mine, la tengo desde que la encontré en la calle*, jogada fora.

Pilarsita também gritou:

— *Mira que no soy estúpida*. Sei que você deve achar várias coisas de mim, eu também acho muita coisa de você, mas vamos deixar isso bem claro, tá? Vocês assaltaram a casa da minha tia. Esta santa não existia nesta sala antes. Pensa, por acaso, que é a primeira vez que venho aqui?

Era uma péssima hora pra vinganças e bate-bocas, mas Pilarsita se desafrontou assim mesmo, dizendo que já tinha estado na casa dos dois. Depois de passado o prazer rápido de dizer o que disse, foi hora de ver o que fazer. Ela se tornou metódica. Quis saber como tudo tinha acontecido. Ouviu com atenção, pediu detalhes, perguntou se tinham entrado no quarto dela. Em seguida, quis saber o que iam fazer com as coisas roubadas. Então, levantou-se e disse:

— Vou junto.

Os dois rapazes se olharam. No calor da discussão e do susto, pouco a pouco se deram conta de que Pilarsita não tinha, em momento algum, falado em ir à polícia entregá-los. Ela estava diferente, esquisita, tinha perdido o jeito tímido, meio apagado, e parecia decidida a fazer parte do grupo e ir em frente. Mesmo assim, Michael achou melhor que ela não fosse, dizendo que não ia dar certo. Ela foi firme:

— Para e pensa um pouco. Se eu quisesse, já teria ido à polícia. Dá pra raciocinar?

Então foram, os três. Pegaram o ônibus na avenida Arequipa, que vai da praia até o centro, e depois seguiram pra Callao. Explicaram pro Lalo que queriam saldar a dívida de maneira diferente, aí abriram a mochila e mostraram as peças. Ele, calado, sem se impressionar com o brilho da prata verdadeira, antiga, valiosa como o continente inteiro, olhava com frieza, como um psicólogo. Disse:

— Meu ramo é droga, cocaína, *marijuana*. Não trabalho com esse material.

O impasse provocou silêncio. O olhar do Lalo continuou frio, parado.

— Vocês acharam mesmo que eu ia aceitar essa novidade? O que vocês têm na cabeça? Merda?

Os dois não sabiam o que fazer. Pilarsita vigiava. Lalo sugeriu:

— Isto é coisa pra antiquário.

Só que nenhum deles conhecia um antiquário, ou colecionador de antiguidades. Na verdade, a única pessoa que eles conheciam que gostava de coisas antigas era a tia da Pilarsita.

— Vocês roubaram isso de onde?

Pilarsita foi rápida, respondeu sem dar tempo pra ninguém pensar:

— Ninguém roubou. É meu e quero passar pra frente.

Ele não acreditou:

— Se der polícia, não quero merda pra cima de mim. Acabou qualquer negócio com vocês dois. Vão vender isso aí e tragam o dinheiro. Aí, acabou. Até sábado.

Eles tinham quatro dias. Saíram de Callao e, dentro do ônibus mesmo, Pilarsita falou o que achava:

— Ainda bem que ele não aceitou. Tem muito dinheiro nessas mochilas. Quanto vocês devem pra ele?

Mike era quem sabia:

— Mais ou menos quinhentos dólares.

— Mas isso que tá aí vale, por baixo, uns cinco mil.

— *Five thousand dollars*?

— E só a santa que vocês quebraram valia sozinha outros *five thousand*.

Alexandre levou um susto:

— Quebrada vale quanto?

Era muito, muito dinheiro. Naqueles dias de 1972, dava pra viver um mês inteiro com cem dólares na América do Sul. Eles estavam perto de ficar milionários.

Mike chegou a dar um soco na barra de ferro da cadeira do ônibus:

— Dois mil e quinhentos dólares pra cada um, *buddy*!

No entanto, Pilarsita lembrou que, a partir dali, a conta deveria ser feita por três.

— Sempre sonhei com isso, *por Dios*. Sempre. Entrava na casa daquela idiota da minha tia e ficava pensando que um dia ainda ia vender tudo aquilo e sumir de lá.

Deu um beijo no rosto de Alexandre, pra criar cumplicidade, sonhar com dias melhores, mostrar que estava mais feliz do que nunca. Não beijou Michael. Nem ele queria. Ela não se importava. Queria planejar:

— Sabe quem pode ajudar? A *señora* Rosa. Ela com certeza conhece um antiquário.

Deixaram as mochilas no apartamentozinho; enquanto Mike ficou em casa, os outros foram ver a *señora* Rosa. Já era começo de noite e ela estava sozinha. Ficou feliz de ver os dois. Eles se sentaram diante da mulher e explicaram, procurando as palavras certas, que Pilarsita tinha umas pratas pra vender e, por isso, queriam saber se ela conhecia um antiquário, algum negociante interessado. Ela não respondeu, ficou em silêncio absoluto, demorado. Acendeu um cigarro, ficou de pé, ajeitou, com a elegância dos dedos da mão, a blusa branca dentro da cintura da saia justa e andou pela sala olhando os dois.

— Prata?

— É. São coisas antigas.

— E onde estão?

— Lá em casa. Na casa do Michael.

Ela tragou demoradamente. Prendeu a fumaça nos pulmões, alisou a saia justa com a mão livre, sentou-se de novo. Alexandre abaixou os olhos. Mas ela olhou pra ele.

— Isso me parece um pouco estranho, um pouco fora do comum.

Foi aí que Alexandre teve um estalo. Levantou a cabeça, olhou pra *señora* Rosa e, com voz meio baixa, mais grossa que o normal, respondeu:

— Mas a gente sempre acaba, mais cedo ou mais tarde, fazendo coisas estranhas, não é?

Por incrível que pareça, ele segurou o olhar. Pilarsita olhou pra um e pro outro. A *señora* Rosa se ajeitou na poltrona. Parecia que ela tinha começado a pisar em areia movediça e sentiu um arrepio por baixo da blusa branca. Alexandre não percebia, mas ali, falando aquelas coisas, envelhecia, virava homem.

— A senhora pode nos ajudar?

Ela não respondeu em seguida. Fez reticências com a fumaça do cigarro marcado com batom vermelho-vivo. Depois falou, quase sussurrando:

— ¿*Cómo no, Alejandro?*

No dia seguinte, quinta-feira, teria uma recepção na embaixada do Brasil, porque uns escritores brasileiros estavam em Lima. A *señora* Rosa sabia: lá, com certeza, haveria um antiquário.

— Mas como eu faço pra ir?

— *Don* Marcel não vai poder ir, tem outros compromissos.

Não era compromisso, todo mundo sabia. Era álcool.

— Você pode ir comigo, *Alejandro.*

Ele sorriu um pouco, erguendo apenas o lábio superior, e falou:
— Não tenho roupa pra ir.
Pilarsita ajudou:
— Posso pegar do meu primo.
No dia seguinte, na hora marcada, ele estava de sapatos pretos, calça preta, camisa preta de manga comprida e gravata azul na porta da casa da *señora* Rosa. Ela estava linda, com um vestido comprido azul-marinho, meio esvoaçante, com o peito bordado de pérolas. Parecia uma latino-americana, daquela América Latina da qual o Brasil não faz parte, diferente, antiquada, de que dá vontade de rir. De qualquer forma, a *señora* Rosa estava linda, isso não se podia negar. Seus cabelos lisos eram azuis como as asas de um pássaro preto. Alexandre quis lhe oferecer o braço, mas ela não aceitou, não estava gostando nada daquilo. Era uma mulher elegante, tinha classe, não tratou Alexandre mal em momento algum, porém não queria intimidades, nem que ele tocasse no corpo dela. Entraram no automóvel e ela dirigiu em silêncio até a embaixada do Brasil, respondendo com palavras breves quando ele perguntava alguma coisa.

Era a primeira vez que Alexandre ia a uma recepção. Também era a primeira vez que usava gravata e via, de perto, Janete Clair e Dias Gomes, os dois brasileiros homenageados. Todos queriam conhecer a escritora, porque a novela *Los hermanos Coraje* tinha sido filmada em versão espanhola no México e fazia sucesso na América Latina. Nunca antes uma telenovela tinha sido transmitida em cores por lá.

E lá estavam também o poeta Gustavo Valcárcel e a mulher dele, a jornalista Violeta Valcárcel, além do escritor Alfredo Bryce Echenique, da cantora Suzana Bacca e do antiquário Echeverría. A *señora* Rosa, como se fosse por acaso, apresentou Alexandre ao comerciante. Ele, diante do brasileiro novinho e pouco à vontade na recepção, sorriu de maneira doce, insinuante.

— *Tanto gusto* — ele disse, como se as palavras fossem feitas pra escorrer, quase líquidas, pelos lábios, pelo queixo pontudinho, pela camisa.

— Oi.

Echeverría falava muito, sem parar.

(55)

— *La telenovela, no sé, es preciosa. Esta mezcla de western con una visión interesantísima de los deportes me parece muy, muy bien. ¿No estás de acuerdo, Alejandro?*

O problema é que ele não se lembrava de como era a história de *Irmãos Coragem* e, por isso, ficava indeciso, sorrindo mais do que falando. Isso aumentava sua fragilidade e dava mais prazer a Echeverría. No entanto, o brasileiro também soube fingir que era por acaso quando perguntou:

— Então, o senhor é dono de uma loja de antiguidades?

E, a partir daí, explicou que ele e a namorada...

— *¿Ah, entonces tienes novia? Muy bien.*

Ele e a namorada...

— *¿Y está aquí tu noviecita?*

— Não. Então, como eu ia dizendo, a gente tem umas peças em prata, coisa antiga mesmo, que eu queria ver se dava pra vender.

— Vender?

— A gente não tem o que fazer com aquilo, moramos num lugar pequeno e queremos tirar férias, viajar um pouco. Se der, vai ser uma grande ajuda.

Echeverría sorriu um sorriso largo, adorava fazer favores a rapazes jovens, necessitados de ajuda.

— *Estaré en la tienda mañana.* Depois do meio-dia.

Alexandre voltou pra perto da *señora* Rosa, que conversava com Violeta Valcárcel. Ela perguntou rapidamente, como quem não quer ouvir a resposta:

— E então?

— Vou lá amanhã.

Ela foi seca:

— Vou sair daqui e jantar com uns amigos. Você se importa de voltar sozinho pra casa?

Ela até lhe deu um dinheiro pro táxi. Mas ele preferiu ir a pé e caminhou por meia hora até chegar ao apartamentozinho. Michael não estava, então tirou a roupa do primo de Pilarsita e dormiu.

No outro dia, foi com Michael até San Antonio, onde ficava a loja do Echeverría. Ele deu um sorriso esplêndido quando viu o brasileiro entrar na loja entulhada de mesas, cadeiras, candelabros, imagens de santos, altares, coroas, canetas, tapetes, consoles, luminárias, abajures, estátuas de bronze e um charango boliviano antigo, com o bojo feito de casco de tatu. O comerciante olhou também pro Michael, que, naquele fim de primavera e começo de verão limenho, tinha as bochechas vermelhas e os olhos mais verdes ainda.

Echeverría apontou pro americano e perguntou, malicioso:

— *¿Tu novia?*

Alexandre explicou que ela não tinha podido ir.

— *Una muchacha misteriosa...*

Alexandre perguntou se podia mostrar a prataria e abriu a mochila. Michael se afastou dos dois, aproximando-se do charango. Pôs a mão nele e, com cuidado, alisou o casco do tatu. O antiquário, quando deparou com os objetos, mudou de expressão. Tocou um candelabro e, pelo tato, quase pelo cheiro, identificou o século e a procedência. Ficou encantado, seu coração deu dois disparos rápidos, frenéticos, suas mãos transpiraram. Apertou os olhos e pediu em voz baixa que fossem pra sala dos fundos, que era o escritório.

Lá, eles abriram as mochilas e retiraram as peças, uma por uma. Pro Echeverría, abriam uma arca preciosa, um baú de tesouros. Pelo jeito como segurava cada coisa com as mãos brancas, era como se lambesse a prata, cheirasse as incrustações, mordesse as bordaduras. Depois, sentou-se e perguntou, com o mesmo sorriso esplêndido:

— *¿Y de dónde viene todo esto?*

— *His girlfriend.*

— *Ah, la novia misteriosa. Muy bien... ¿Y de dónde es esta chica, que tiene cosas tan preciosas?*

— Herança do pai dela.

Ele, então, mudou um pouco o tom de voz. Olhou pros dois rapazes e explicou, lentamente:

— *Oigan*, objetos assim são difíceis de vender... *uy*, demais. São pra colecionadores mais exigentes, pessoas que não gostam de se expor, que amam ser donas de coisas belas, mas não pra exibicionismos de *nouveau riche*, me *entienden*? É pelo prazer de saber que têm.

Ele parou pra observar os dois, que ouviam, não com muita atenção, mas com bastante ansiedade. Continuou:

— *Ahora*, terão que entender *una cosita muy, muy* importante. Achar compradores assim e fazer um bom negócio exige certa arte, um talento enorme, uma boa lista de nomes. Além de absoluta e total discrição, naturalmente.

Fez novo silêncio pra, então, dar a facada certeira:

— Tudo isso conta na hora de estabelecer um preço.

Alexandre e Michael se ajeitaram nas cadeiras pra ouvir melhor.

— Sete mil e oitocentos dólares, nem mais nem menos.

Esperou, então, a contraproposta. Mas ela não veio. Michael somente falou, quase rápido:

— *Cash*, agora?

— *Uy, ahorita nomás, mi joven.*

E quando voltou do cofre, com um envelope cheinho de notas, sonhando com a fortuna que tinha adquirido por uma bagatela, ainda disse:

— *¿Tu novia no tendría otras cositas?*

Michael olhou pro Alexandre, Alexandre olhou pro Echeverría e os três quase sorriram, assim como quem fecha um negócio, faz um trato, e o brasileiro disse:

— Quem sabe?

Quando o homem foi entregar o envelope, Michael apontou o charango boliviano.

— É pra vender?

— *¿Te gustó el charanguito boliviano?* É uma peça rara, bonita, por trezentos dólares.

Alexandre nem pôde acreditar:

— *Three hundred?*

Michael pechinchou:

— Duzentos e cinquenta.

Alexandre saiu da loja e ficou em pé na calçada, não acreditava naquilo. Um charango? Por trezentos dólares? Mas, de longe, viu Echeverría abrir o envelope, tirar algumas notas de dinheiro, pôr o resto de volta e entregar o instrumento pro Michael.

DA VIDA DOS PÁSSAROS

Saíram de lá com duas mochilas vazias, um charango e 7.550 dólares no bolso. Estavam, de repente, ricos. Michael dedilhava as cordas do instrumento, que soltava um som fino, agudo, de coisas andinas, saias rodadas das índias, tranças. O som desajeitado, mal dedilhado, passou por todas as ruas onde eles caminhavam com sorriso de milionários estampado na cara.

No apartamentozinho, o charango ficou do lado da imagem do Buda e da Santa Rosa de Lima com o pé do Menino Jesus quebrado. O americano abriu o envelope, pôs o dinheiro no chão e separou em alguns montes: mil dólares pro Lalo e cinco mil dólares pra ser divido entre ele, Alexandre e Pilarsita. O resto, os outros mil e quinhentos dólares, era pra ser dividido outra vez só entre os dois. Alexandre pegou a mão do Michael no ar:

— Como é?

— O *deal* com a sua Pilarsita era que o que tinha na mochila dava *five thousand*. O resto é lucro nosso.

— Nem pensar. O dinheiro é pra ser dos três.

— *Hey, buddy*, se você quiser, divida a sua parte com ela. A minha, não.

— Ninguém aqui vai passar fome por conta de *fifteen hundred*. É isso que você quer? Ser o americano que sempre leva vantagem? Que ganha dinheiro enganando trouxa da América Latina?

O argumento ofendeu Michael. Ele, no fundo, admirava Alexandre por ser brasileiro, por ser sul-americano, por sair de casa com uma mão na frente e outra atrás, por estar livre no continente.

— Pega seu dinheiro, seu cartão de crédito, seus *travelers* cheques e enfia no rabo.

Michael sentiu-se humilhado, magoado. Não queria só os beijos e o corpo do Alexandre. Queria ser como ele, viver como ele, acreditar que o que é de amanhã fica pra amanhã. Refez as contas. Dava pouco mais de *two thousand* pra cada um, que foi o dinheiro que entregaram pra Pilarsita quando ela chegou lá, mais tarde, curiosa pra saber o que tinha acontecido e perguntando o que um charango estava fazendo ali na casa e se alguém sabia tocar.

Ela sabia. Sentou-se na poltrona, pôs o instrumento no colo, ajeitou as cordas velhas, experimentou o som e então, com uma voz antiga e muito delicada, dos pontos mais altos do lugar mais íngreme dos Andes, como um vento frio e fino que corre, levando águia e arrepiando lhama, ela cantou:

— *Poco, poco a poco me has querido, poco a poco me has amado y después todo ha cambiado, son cositas del amor.*

De madrugada, quando os três se deitaram pra dormir no tapete do chão da sala, Alexandre ficou no meio dos dois. Com a mão esquerda alisava devagarzinho o ombro da Pilarsita, enquanto com o pé direito buscava as pernas do Michael. Ficou assim algum tempo, no escuro do apartamentozinho, até que Michael, com voz calma, quase chorona, disse:

— *Stop it*, Xande. Tô querendo dormir.

E virou-se pro outro lado. Antes de dormir, ouviu que os outros dois se beijavam devagarzinho.

O sexo e as montanhas

Alexandre estava prestes a completar 20 anos em dezembro, e o verão deixava Lima transtornada. A areia das praias estava quente, os surfistas, todos ricos e belos, chegavam em Mercedes-Benz reluzentes, levados por motoristas uniformizados, e depois caíam nas águas do Pacífico. Os limenhos começavam a ficar mais pelados, e por todos os lados tinha quem fumasse maconha ou estivesse atrás dela. Eram sinais de fumaça que saíam das casas, dos cantos das ruas, das praças, pra que a cidade inteira se comunicasse e dissesse aonde valia a pena ir. Alexandre nunca tinha fumado tanto, nunca tinha cheirado aquela quantidade, nunca tinha gastado tamanho dinheiro, que parecia que não ia acabar nunca.

Foi numa madrugada, quando voltava pro apartamentozinho depois de ter deixado Pilarsita em San Isidro, que ele, por acaso, na hora de abrir a porta pra subir a escada dos fundos do jardim-de-infância, viu *don* Marcel sair de um táxi com um rapaz de uns 20 anos também, de mochila nas costas. Deu pra ouvir o que *don* Marcel dizia quando o rapaz levantou a cabeça:

— Aqui estamos, camarada.

Não tinha motivo pra tanto, mas Alexandre sentiu como uma facada. Ele era o camarada, era ele, e só ele, o refugiado que tinha sido encontrado na rua e levado pra casa da *señora* Rosa. Mas, dali, ficou olhando o rapaz, de jeans e camiseta, que era como todo mundo se vestia naqueles dias, com os cabelos desarrumados e meio sujos, um jeito de sorrir de quem espera pra ver o que vai acontecer. E aí entraram de vez no corredor entre duas casas até chegar ao pátio interno onde alguém abriu a porta de vidro e ferro trabalhado. Era bem cedinho, de manhã, e o calor ainda não era forte. Uma brisa fresca vinha de todos os lados, e Alexandre ficou parado, olhando pra rua que agora estava vazia.

Entrou em casa. Michael ainda estava deitado, mas não dormia. Olharam-se meio de banda. Alexandre sorriu e disse bom-dia pra tentar se livrar da sensação de culpa que pesava no peito, porque, quando estava com Pilarsita e saía com ela, dava um gosto amargo na boca de tanto pensar em Michael; já quando estava com ele, achava que Pilarsita ia sumir, não ia mais aparecer. De um lado pro outro, ele tentava segurar as rédeas do mundo em que vivia. Sentou-se na poltrona, abriu a *Bíblia* de folhas finíssimas, rasgou um pedaço de uma das poucas páginas que ainda restavam inteiras e preparou um cigarro de maconha, pra começar o dia que nascia colorido com as flores limenhas. Michael espreguiçou-se:

— A gente tá com tanto dinheiro e fica em casa quase o tempo todo. Dava pra viajar.

— Pra onde, Mike?

— *To the mountains*. Você não tem vontade de conhecer os Andes?

— Tenho. Muita.

— Então. A gente podia pegar o trem, ir primeiro pra Ayacucho e de lá sair rodando.

— Ia ser legal.

— Já pensou, Xande? Eu e você, a gente podia conhecer tudo, passar uns meses viajando. Agora que é verão nem vai estar tão frio assim lá em cima.

Nos dias seguintes, sempre por acaso, mas como se fosse combinado, Alexandre viu o rapaz entrando ou saindo da casa de *don* Marcel. Nunca se falaram, só quando Alexandre entrou num restaurante a fim de comprar *palta rellena* pra levar pra casa e encontrou o rapaz sentado no balcão, comendo um *segundo* com *papas y pollo frito*. Enquanto esperava a comida, olhou o outro de cima a baixo. Estava de short muito curto e camiseta, tinha as pernas longas, os tênis brancos, de lona gasta na ponta, os cabelos compridos, que estavam lavados e molhavam a gola da camiseta cor de goiaba. A pele era muito branca, como se nunca ficasse ao sol, e ele comia empurrando a comida devagarzinho com os dedos até pegar com o garfo. Depois, devagar também, chupava a ponta dos dedos. Ele deve ter percebido que alguém estava olhando na sua direção e virou o rosto, de surpresa. Alexandre abaixou os olhos e pôs as mãos nos bolsos da calça. Em seguida levantou os olhos e disse:

— *Hola*.

O outro sorriu e só balançou a cabeça. Alexandre puxou mais assunto:

— Tá gostando do *pollo*? A comida aqui é boa...

O outro olhou sem entender o que era:

— *Quoi? No hablo.*

— Ah, você não é daqui. *Where are you from*?

— *From*?

— É. Qual nacionalidade. De onde? *From what country*?

— *Oh, yes. Switzerland. Geneva.*

— De Genebra? E tá viajando pela América do Sul?

— *Amérique du Sud. C'est ça.*

Os dois ficaram ali, sorrindo e balançando a cabeça lentamente, como se quisessem continuar a conversa sem saber o que falar. Até que o suíço perguntou:

— *¿Su nombre?*

— Alexandre.

Estendeu a mão e disse:

— Dominique.

— Pensei que Dominique fosse nome de mulher.

O outro demorou a entender, mas riu quando compreendeu:

— Ah, *no, no. C'est égal pour les deux. The two. Two. Dos.*

Mesmo depois de ter conversado com Dominique, Alexandre continuou curioso. Mas não foi só por causa da curiosidade que, numa noite de verão, com o calor nas ruas, ele saiu de madrugada pelo centro de Lima. Foi também por querer ficar um pouco longe de

(63)

casa, já que Michael fazia planos pra viagem nos Andes e ele nem sabia se queria mesmo ir.

A memória de Alexandre era boa. Fazia quatro meses que morava em Lima e nunca mais tinha voltado ao beco marcado como o começo de sua vida na cidade. Mas conseguiu encontrar o caminho pelo cheiro, pela lembrança. Havia mais pessoas na rua por causa do verão, as janelas ficavam abertas e gente gargalhava por detrás das paredes. Achou o mesmo bar de antes. Estava pouco cheio, o ambiente fechado era ruim pras noites quentes, mas ele sentou-se e pediu cerveja ao garçom, que estava apoiado no balcão já esperando a hora de fechar e ir embora. Alexandre puxou conversa:

— O senhor vai acabar dormindo em pé aí.

— Com um movimento destes, só dormindo mesmo.

— Conhece um senhor que costuma vir aqui?

— Qual deles?

— Um senhor mais velho, sempre bêbado de cair no chão.

O garçom não respondeu logo. Pensou um pouco.

— Aquele que tá sempre procurando *muchacho*?

Alexandre demorou um bocado pra continuar a conversa:

— Não sei. É?

— Tem cada coisa nesse mundo... Se for quem eu tô pensando, é *don* Marcel. *Periodista distinguido*, figura pública de respeito... E gosta de vir pra cá encontrar rapazes.

— É *don* Marcel mesmo. Tem visto ele por aqui?

— A essa hora ele não vem. Costuma vir quando chega ônibus na rodoviária que tem aqui perto, na avenida ali. Acho que não gosta de *peruanitos*. Só pega estrangeiro, que ele chama de camarada. Dizem que é porque já foi guerrilheiro. Mas, assim, se ele marcou com você, deve aparecer.

Quando saiu do bar, a cidade já estava ensolarada por inteiro. Não tinha um prédio alto que fizesse sombra, nem um canto onde não batesse calor.

Nesses dias de tanto sol, as pessoas iam aparecendo, e foi assim que, indo e vindo da praia de Miraflores, Alexandre e Michael conheceram Beatriz, que era muito maluca e costumava acender um baseado no outro, Marissa, que era formada em sociologia, o amigo dela, Kuba, que era meio peruano, meio tcheco e tinha nascido em Puente de Paucartambo, onde inclusive trabalhava com uma comunidade indígena, e Lucho, o *maricón* que fazia as sobrancelhas. Depois, Dominique também foi se aproximando do grupo, pouco a pouco, mesmo com a dificuldade que tinha de falar qualquer língua que não fosse o francês dos suíços.

No entanto, mesmo entre toda essa gente que se divertia de sol a sol, Alexandre ainda se sentia como um visitante na América do Sul. A América do Sul estrangeira, como se tivesse um Oceano Pacífico inteiro entre ela e o Brasil. A América do Sul em espanhol era outro continente, era dos Incas, de Simón Bolívar, de Che. O Brasil não era de nenhum deles, era sozinho.

No aniversário de Alexandre, a festa começou na véspera, na praia de Barranco. A foto tirada na areia, com o mar ao fundo, mostrava Michael pulando no ar, como um bailarino no meio do voo; Pilarsita séria, meio de perfil, com olhar de filósofa; Beatriz só com a parte de baixo do biquíni e as mãos nos seios; Lucho fazendo pose de atriz de Hollywood; Kuba ameaçando o mundo com o dedo do meio da mão duro; Dominique sentado como um iogue; e Alexandre em pé, com as mãos nas costas e os olhos tristes, grudados na máquina fotográfica. Marissa, que bateu a foto, ainda pediu pra ele sorrir, mas não deu tempo. Depois, em outra foto que tiraram na praça central de Miraflores, estavam todos sentados num banco, cada um com um sorvete na mão, Lucho no colo de Marissa. Desta vez Dominique ia tirar a foto, mas Alexandre chegou correndo, pois seu sorvete estava quase caindo. Por isso, quando a foto foi batida, ele era o único com a cara meio espantada, afastado do grupo inteiro.

De noite, a festa continuou na casa que Kuba tinha no centro de Lima, onde ficava quando ia pra capital ver os amigos – mas morava mesmo em Puente de Paucartambo, na selva peruana. Era um apartamento grande, com quatro quartos, no segundo andar de um prédio velho, quase caindo aos pedaços. As tábuas do assoalho rangiam quando sentiam pés de gente, as portas nunca se abriam por completo, emperrando no chão empenado de tábuas largas, compridas, que iam de parede a parede. As lâmpadas ficavam penduradas na ponta de fios que desciam do teto.

Na mesa da sala, havia uma bandeja cheia de baseados e um prato com pó pra noite toda. E um bolo pequeno, de chocolate, com uma só vela enfiada. Alexandre, em pé, servia os convidados – não de bolo, mas de *marijuana* e cocaína. Cheiravam, fumavam e se espreitavam. Farejavam-se de longe, examinavam-se sem se aproximar, inflamados como galos de briga antes de entrar na rinha. Um a um, saíam da sala sem dizer aonde estavam indo. Só os olhos seguiam uns aos outros.

Lucho imitava a cantora Lucha Reyes na cozinha. Alexandre entrou num quarto totalmente escuro, onde não dava pra ver nada, parou em pé e beijou de uma vez só a boca de Dominique, com vontade de apertar, de agarrar. Fez isso só pra beijar, pra amassar os lábios do rapaz que agora morava na casa da *señora* Rosa, pra sentir como era. No entanto, saiu do quarto sem saber que a boca que tinha beijado no escuro total e absoluto não era de Dominique, mas de Kuba. Ele estava lá esperando Marissa, que tinha ido até a porta da rua, no andar de baixo, pra tomar ar e trazer a respiração de volta ao normal. Na verdade, Dominique tinha saído da sala pra ir ao banheiro, onde Pilarsita já estava esperando por ele. Ela ficou em pé, gemendo, com as mãos cravadas na pia encardida, enquanto ele ia tirando toda a roupa dela.

Lucho deu um grito de *uyyyy* quando entrou em outro quarto e viu Alexandre e Beatriz no colchão sobre o assoalho. Aí voltou pra cozinha e encontrou Kuba, que estava bebendo *jugo de piña* e procurando Marissa. Lucho se encostou na pia, sorriu e pediu um beijo ardente. Kuba mordeu a boca de Lucho e apertou o corpo dele contra a pia. Em seguida, Marissa finalmente apareceu. Sem dizer nada, primeiro quis ver os dois se mordendo e se lambendo. Então, chegou por trás e segurou com força as nádegas de Kuba, que, sem parar de se agarrar com Lucho, abriu as pernas e mostrou os poucos pelos claros que tinha entre as nádegas.

Depois, Marissa, Kuba e Lucho entraram no quarto onde Alexandre se esfregava em Beatriz. Engatinharam em cima da cama. Lucho era o único que ria baixinho, como se batesse palmas. Em silêncio, sem que nenhum deles perdesse os olhos do outro, todos se beijaram, menos quando Beatriz procurou a boca de Marissa, que virou o rosto:

— *No, no. No me gusta*, por favor.

Alexandre se deitou entre Marissa e Beatriz. Beijou uma. Beijou a outra. Encolheu as pernas e ficou de quatro, com as coxas afastadas. Elas beijaram e lamberam as nádegas de Alexandre. Ele abriu a boca e gemeu, mas sem emitir som. A ponta da língua de Beatriz vibrava contra a abertura. Kuba entrava e saía do meio das pernas de Lucho. Os dois estavam frente a frente. Lucho quis gozar. Gritou:

— Bate! Bate!

Kuba bateu no rosto dele. Uma, duas, três vezes. Lucho ria, quase alto. E parou, ofegante, muito cansado. Fechou os olhos. Kuba aproximou-se de Marissa e a virou de barriga pra cima. Agachou-se devagar sobre o rosto dela, se oferecendo pra ser lambido. Eles já tinham feito isso na cozinha, só que em pé. Alexandre fez o mesmo com Beatriz: agachou-se em cima dela com as pernas afastadas. Os dois estavam de cócoras. As duas estavam deitadas e lambiam os homens. Marissa enfiou a ponta do dedo em Kuba. Ele gemeu. Mexeu a cintura pra ajudar o dedo. Beatriz afastou as nádegas de Alexandre. Endureceu a língua, quase sentindo dor nos músculos da garganta, e enfiou com vontade. Alexandre acariciava e apertava os seios de Beatriz. Beliscava os mamilos durinhos. Ela tirou a língua e pôs o dedo em Alexandre, que se contorcia, rebolava e apertava mais o bico dos seios de Beatriz. Alexandre e Kuba davam gemidos roucos, baixos, demorados. Kuba chupou a boca de Alexandre quando gozou. Alexandre saiu da posição e abriu as pernas de Marissa. Não demorou pra entrar. Kuba beijou Beatriz, que girava os próprios dedos entre as pernas. Em seguida beijou Marissa, que avisou, com gemidos, que não aguentava mais. Foi aí que todos relaxaram o corpo, de uma vez, como uma onda que vem, vem e vem até desabar na praia. Alexandre ainda ficou um tempo deitado entre os outros, mas depois se levantou, vestiu a cueca, a calça e a camiseta.

Todos tinham gozado.

Só o Michael que não. Ele ficou quase a noite toda sentado no sofá de couro velho da sala, tocando, com o charango, pedaços de músicas andinas que havia aprendido com o Lucho, professor num conservatório de música peruana no bairro de Magdalena Vieja. Só dormiu no começo do dia, quando Alexandre chegou na sala, sentou-se no sofá, apoiou a cabeça no ombro dele e fechou os olhos, cansado. Dormiram assim, nessa mesma posição, até o meio da tarde, quando era hora de todo mundo acordar e voltar pra praia.

Nos dias seguintes, tudo foi se ajeitando. Pilarsita ia passar a *Nochebuena* e o réveillon em Huanta, com a família serrana, e Alexandre e Michael decidiram viajar. Alexandre às vezes se lembrava de que, um dia, havia perguntado se os dois estavam namorando ou se era só uma coisa de ir pra cama juntos e Michael nunca tinha respondido; mas agora achava que não queria mais saber. Gostava de estar ali, no trem, subindo as montanhas ao lado dele e do charango. Tinham o tempo todo pra ficar juntos.

Em Huancayo, Alexandre aprendeu, de tanto repetir, como era se soltar nos braços de Michael na hora do beijo. Como era suspirar e gemer no ouvido, pra deixar o prazer exalar também pelo quarto todo. Como era fechar os olhos e acariciar os cabelos de Mike, enquanto ele, com os lábios apertados e arredondados, chupava o peito e mordia os mamilos de Alexandre. Como era não ficar só pensando no próprio pau pra poder se entregar todo, deixar o pau vibrar sozinho no ar, sem pressa, pra usar as mãos e alisar o rosto, o próprio peito e o peito de Michael, as coxas de um e do outro, a bunda do outro, pra poder abraçar e se contorcer. Aprendeu a passar a ponta da língua bem devagar nos olhos de Michael, no nariz, nos lábios, no pescoço e no sovaco com cheiro de capim.

Em outra cidade, em Huánuco, no mercado, eles encontraram, por acaso, Dominque, que tinha deixado Lima pra seguir viagem. Estava saindo naquele dia mesmo pra Cerro de Pasco. Foi também no mercado que Alexandre puxou conversa com Jorge, jogador de futebol titular do time León de Huánuco. Almoçaram juntos, e o jogador, muito animado com a oportunidade de mostrar sua terra pra estrangeiros, levou os dois pra conhecerem as ruas antigas e as casas do tempo dos primeiros colonizadores espanhóis. Mostrou toda a cidade, que ficava além dos Andes, na boca da Amazônia. E, no começo do fim da tarde, disse que, se não tinham onde dormir, podiam ficar na sede do clube, onde teria concentração do time.

Já era de noite quando Alexandre se sentou num barril no quintal da sede pra fumar um cigarro, e Michael se aproximou. Os dois tinham tomado banho com todos os jogadores do León de Huánuco. Michael começou:

— Você ficou com tesão na hora do banho?

Alexandre parou pra pensar um pouco, lembrando-se de alguns corpos, mas respondeu:

— Não.

— *Why not?*

— *¿Qué sé yo?* Não senti, não. Foi normal, só tomar banho mesmo. Você sentiu?

— *Well*, fiquei olhando.

Alexandre riu de Michael, ali em pé diante dele.

— Olhar eu também olhei.

— Você viu o Jorge?

— Se vi. Que bunda... Dava vontade de apertar.

— E aquele que era mais loiro? Reparou?

— Meio magro demais.

— É, *skinny*. Mas tinha outro, aquele que ficava cantando.

— Gostoso, bem gostoso. E você reparou no pintão do mais alto de todos?

— *Didn't like him. Balls too big.*

— É mesmo. Um saco arriadão. Mas um pau de impor respeito.

Riam falando dos homens. Era com um jogo erótico entre os dois, como se quisessem dizer que, de todos eles, tinham mesmo olhado um pro outro, sem parar. Era também a maneira que Michael tinha de provocar Alexandre, de ver se ele conseguia ficar algum tempo sem pensar em mais ninguém. Por isso, ele se aproximou, ficou entre as pernas de Alexandre, sentado na tampa do barril, e ofereceu a boca num beijo demorado, com suspiros, debaixo do céu enluarado de Huánuco, na beira da selva. Ficaram ali, juntos, abraçados, com a demora do beijo, durante muito tempo, sem pensar que alguém podia chegar e ver. É que, nessas horas, sempre parece que algo de invisível ocorre, como se um exército de anjos nus, batendo as asas com frenesi pra ficarem parados no mesmo lugar, feito beija-flor sugando néctar, estendesse um manto azul-celeste em volta dos amantes, a fim de que ninguém possa perturbar o silêncio do beijo.

Em Tarma, ficaram no hotel quase o tempo todo. Alexandre descobriu, então, o prazer de sentar em cima de Michael, que, deitado, entrava devagar e ficava ali, dentro do corpo do amante. Alexandre relaxava, acomodava-se sobre as coxas de Michael e sentia que estava preso a ele. E podiam ficar assim por muito tempo, mesmo que fosse só pra falar baixinho, pra rir, pra um olhar dentro dos olhos do outro. Às vezes, Alexandre se acomodava melhor, mexia a perna, que começava a pinicar de tanto ficar numa posição só, mas não deixava Michael sair, segurava com força, com contrações. Outras vezes, também nessa mesma posição, enrolavam e fumavam um baseado inteiro, sem pressa, com a lassitude dos dias quentes de verão.

Num dos dias no hotel de Tarma, sentado sobre o corpo de Michael, com as pernas abertas, Alexandre conseguiu estender o braço, pegar o charango e brincar com as cordas. O som agudo e tenso do instrumento fazia que ele sentisse vontade de cantar baixinho os *waynos* que pareciam lamber os Andes de cima a baixo. Deixou-se levar pelo prazer de Michael dentro de seu corpo e começou a cantar *"poco, poco a poco me has querido"*, mas Michael segurou o charango e lhe pediu pra parar.

— *Why?*

— *No me gusta esta canción.*

— *Pero si es chévere.*

— *Es bacán pero no me gusta.* Não quero.

Alexandre sentiu Michael murchar dentro dele e se deu conta, ali mesmo, de que era a música de Pilarsita que fazia mal, que doía nos ouvidos.

— Para com isso, Mike. Não fique assim.

Ainda tentou, com a mão, colocar Michael de volta dentro de seu corpo, mas não conseguiu. Era como se uma corda do charango tivesse se partido com a pressão dos dedos.

Isso fez que alguns dias da viagem não fossem tão bons quanto poderiam ser. Em Cerro de Pasco – onde acabaram indo por sugestão de Dominique, e onde encontraram o suíço outra vez –, na praça, Alexandre se alterou com um homem que, vendo o charango na calçada, encostado na mochila, enquanto Michael procurava uma pensão onde pudessem se hospedar, parou pra ver e encostar a mão.

— ¡Sacate la mano!

O homem, meio doido, meio bêbado, não se importou com o grito de Alexandre e chegou a levantar o instrumento pra sentir as cordas. Não teve tempo, porque recebeu um soco no ombro e, ao se virar, outro no lado direito do rosto. Quando Michael voltou, encontrou Alexandre no meio de uma roda de pessoas que xingavam o brasileiro e diziam a ele que tomasse cuidado dali em diante. Michael puxou o outro pra longe, foi pra pensão e se deitou ao lado dele. No entanto, nada acalmava Alexandre. Era como se ele quisesse Michael com uma dor no peito, com um nó na garganta. Queria, sonhava com Pilarsita, porque apenas estar com outro homem não bastava.

Por isso, quando estavam em San Ramón e foram lavar as roupas e tomar banho pelados no rio Chanchamayo, fora da cidade, Alexandre, que tinha cheirado pó e fumado maconha desde o começo do dia, sentou-se numa pedra na beira da água e deixou o corpo escorregar, desmaiado, até começar a ser levado pela correnteza. Michael pulou na água, agarrou o outro pelo braço e voltou pra margem. Apavorado, trêmulo, apertou o corpo de Alexandre, que continuava caído na areia, pelado, sem reação. Depois, pouco a pouco, ele voltou a si, rindo, como se tivesse sido um momento de diversão o tempo que passara sem saber de nada.

Michael sentou-se também, colocou o braço em volta dos ombros de Alexandre e apertou, pros corpos ficarem juntos na beira do rio, debaixo do sol forte. O brasileiro explicou, ainda rindo:

— É esse sol, e não comi nada o dia todo, cara.

Mas Michael ficou em silêncio, olhando o rosto pálido e o corpo magro do amigo. Só depois perguntou, em voz baixa, como num dengo:

— Por que você tá fazendo isso? Por que tá cheirando tanto pó?

Alexandre abaixou a cabeça entre as pernas peladas, cuspiu no chão e, no meio do cuspe, começou a chorar. Michael apertou os braços em volta dele, pra protegê-lo, pra consolar o choro. Alexandre via, entre a cortina de lágrimas que escorriam pelos olhos, a outra margem do Chanchamayo, espremida contra uma escarpa reta, quase uma queda livre, onde cresciam as árvores do começo da selva. E queria ver, do lado de lá, os guerrilheiros que iam salvar a merda da América do Sul, a América do Sul que ele até tinha achado que era dele também. Michael se comoveu com os soluços, com o peito de Alexandre gemendo. Deu beijos pequenos no rosto do amigo, falou coisas baixinho, sorriu no ouvido dele e perguntou:

— *¿Me quieres*, Xande?

Alexandre levantou os olhos e sentiu uma ternura imensa, uma ternura verde, um desejo que não tinha controle.

— *Yes, I do.*

E era a mais pura verdade. Ele amava. Amava muito.

Depois dali foram pra Puente de Paucartambo, a terra de Kuba. A mãe dele era dona do único restaurante da cidade toda, do lado da ponte velha. Ela disse que eles podiam ficar quanto tempo quisessem, que o filho estava em Lima mas chegaria a qualquer dia. Paucartambo era a selva com calor e preguiça. Passavam o tempo todo na beira do rio, e foram dias de *palta, piña, mango, yuca* e peixes grandes de água doce. Alexandre, numa manhã bem cedo, entrou num bar com um abacate maduro nas mãos. Sentou-se no balcão, abriu a *palta* em duas bandas e pediu açúcar.

— *¿Azúcar?*

— *Sí, azúcar.*

— *¿Seguro que no es sal?*

— *Azúcar.*

— *Pero palta se come con sal.*

— Na minha língua, *azúcar* é açúcar e sal é sal. *Quiero azúcar.*

Trouxeram o açúcar, mas a família toda do bar veio pra ver o estrangeiro de alguma terra muito distante comer o abacate com manias esquisitas. Alexandre enfiou a colher na polpa macia e verde, regada com açúcar, e levou à boca, mas riu e engasgou quando viu, do outro lado do balcão, as pessoas fazerem cara de nojo.

Pilarsita, a ativa

Quando eles voltaram pra Lima, encontraram um cartão de Natal e de Feliz 1973 de Pilarsita, enviado de Huanta, e uma carta dela pedindo que a esperasse, pois tinha uma surpresa. Como ela não havia mencionado o nome de Michael, nem no cartão nem na carta, Alexandre não tocou no assunto. Michael tinha recebido uma carta da mãe, num papel timbrado da companhia da família, a Kamstra Oil Company, avisando que o pai não ia bem de saúde. Alexandre ainda recebeu outra carta, do irmão, avisando que o filho dele tinha nascido e ia se chamar Alexandre também.

— Olha só, eu tenho um sobrinho. E tem meu nome.

As coisas foram voltando ao normal. Michael continuou no Conservatório em Magdalena Vieja, tendo aulas de charango com Lucho, e Beatriz passou a ir todos os dias no apartamentozinho. Isso era bom pra todo mundo, porque ela conhecia os lugares pra comprar cocaína e *marijuana* em Barranco. Na verdade, Michael estava deixando aquilo um pouco de lado, mas Alexandre não. Pra ele, o Peru era cocaína e cocaína era o Peru.

Até que um dia Pilarsita chegou. Eles estavam em casa quando ouviram alguém buzinar na rua em frente ao jardim-de-infância. Olharam pela janela e lá estava ela, num Volkswagen amarelo, até que muito bem conservado. Alexandre desceu as escadas e, quando se aproximou, ela pulou nos braços dele, pra matar a saudade. Estava eufórica, agitada, meio tensa, mas alegre.

— Quando você chegou?

— *Hace dos días, nomás.*

— E só apareceu agora?

— Tinha umas coisas pra fazer antes.

— Que coisas?

— Você vai gostar, depois te conto.

Quando entraram no apartamentozinho, Michael estava trancado no banheiro, tomando banho, e ele e Pilarsita se cumprimentaram assim, através da porta. Dali, foram todos pra praia, tomar sol. Lá, Beatriz saiu correndo da água, gritando:

— Perdi as lentes de contato!

— Onde?

— Na água. Alguém volta lá pra procurar? Não enxergo nada...

— Procurar no mar?

— Ah, gente, é a terceira que eu perco. Com que cara vou olhar pro pessoal lá de casa, cega deste jeito?

De noite, Alexandre e Pilarsita saíram pra jantar num *chifa* perto do Hotel Bolívar, no centro de Lima. A comida chinesa ainda nem tinha chegado à mesa e ela apanhou a bolsa pendurada no encosto da cadeira:

— Pega.

Alexandre segurou a bolsa. Estava pesada. Sem dizer nada, perguntou com os olhos o que era.

— Abre, *Alejandro*. Abre que vai ver.

Lá dentro havia dois colares, três pares de brinco, cinco pulseiras, um prendedor de gravata, quatro broches, um pingente, muitos cordões emaranhados, um porta-joias com a tampa em alto-relevo, um crucifixo e vários anéis. Tudo de prata. Alexandre fechou a bolsa depressa.

— De onde vem isso?

— Quer que eu diga peça por peça?

— Anda, diz logo.

— Quase tudo da casa da minha *abuelita*, e o resto da minha tia de San Isidro.
— Mas elas deram isso pra você?
— *Alejandro*, se ninguém fizesse alguma coisa com isso aí, elas levariam pro túmulo quando morressem.
— Puta que pariu, Pilarsita. E você anda com isso na bolsa?
— Ia deixar onde? Se roubasse e deixasse lá em casa, não era roubo, era só tirar de um lugar e pôr em outro.
— E agora?
— Agora temos de voltar lá no antiquário logo.
— Vou ter que falar com o Michael.
Ela parou de sorrir. Não falou imediatamente, esperou um tempo.
— Não.
— Não?
— Isso é só entre a gente, *me entiendes? No pensé* em *nadie más, solamente* em nós dois.
O silêncio de Alexandre fez que ela tivesse de continuar:
— Não é que eu tenha alguma coisa contra ele. Não tenho. Devia ter. Você se lembra daquele dia na pensão em Ayacucho? Mas não guardei mágoa, não. Tudo bem. Só que o que eu tenho que ver com ele? Nada. Então, se você sabe onde é o antiquário, se eu tenho as joias, pra que envolver mais gente?
— Mas parece sacanagem.
— E é sacanagem, *Alejandro*. Assaltar a casa da minha tia também foi. Tudo é sacanagem.
Ele não gostou do que ouviu, mas não disse nada pra contradizer. Só falou:
— Então você vai comigo lá.
— Não, eu não.
— Mas então como? Eu vou sozinho?
— Leva a Beatriz.
— Tá, pode ser. Mas o que a gente faz com isso tudo até lá?
— Vamos dormir na sua casa.
No entanto, naquela noite, eles dormiram no Hotel Bolívar mesmo, no centro da cidade. E, no dia seguinte, Beatriz foi com Alexan-

(75)

dre até a loja de antiguidades. Ela, chapada, doida e quase cega sem as lentes de contato, encantava-se com tudo. Sem nenhuma cerimônia, pegava cada objeto:

— *¡Ayy, qué lindo! Mira esto, mira esto. ¡Divino!*

Echeverría, quando viu Alexandre entrar, primeiro abriu um sorriso largo e acenou com a mão gorda e branca, depois deu uma olhada rápida e reprovadora pra Beatriz.

— *Ah, ahora viniste con tu novia...*

— *Tampoco.*

— *¿Ah, no? ¿Entonces esta quién es?*

— *Una amiga.*

— *Ah, amiga...*

E ficou meio sério, meio surpreso, ao ver a amiga sentar-se numa cadeira forrada de veludo.

— *Bueno*, vamos ao escritório?

Lá, Alexandre abriu a mochila e colocou em cima da mesa todas as joias de Pilarsita. Mais uma vez os olhos de Echeverría se controlaram diante da beleza e da riqueza. Ele não podia mostrar o encantamento, mas era um homem que gostava de emoções fortes, gemidos de alegria, uivos de prazer. Como não podia exultar, mordia os próprios dentes, como se estivesse mascando delícias. Com a ponta dos dedos tocou em cada pulseira, cada colar, cada fio de prata. Examinou um por um, com todo o tempo que tinha. Depois ficou parado; de repente, pôs a mão na coxa de Alexandre e apertou, com o peito explodindo de alegria:

— *Ten thousand.*

— *Dollars?*

— Americanos.

Nem esperou Alexandre responder. Ele sabia que o garoto ia aceitar, que ele não tinha ideia de que ali estava uma verdadeira fortuna em prata e antiguidades. Olhou pro rapaz e perguntou:

— *Cash?*

Encontraram com Pilarsita no bar Haiti, em Miraflores. Ela estava ansiosa, batendo com a mão na perna, quando eles chegaram. Dali mesmo foram de carro até o apartamento de Kuba, que estava em Puente de Paucartambo. Ele deixava a chave dentro da caixa do correio, que estava com a portinha quebrada. Entraram, e Pilarsita pediu que Beatriz fosse ao bar comprar cerveja.

— *No puedo. Estoy ciega.*
— Então a gente vai pro quarto. Você espera?

Longe das vistas dela, Pilarsita apanhou o envelope. Contou as notas e repetiu a contagem, sem mostrar nenhuma surpresa. Depois, retirou três mil dólares, entregou pra Alexandre e guardou o resto na bolsa.

— Pilarsita?
— Sim?
— Pensei que fosse pra nós dois.
— E é. Sua parte tá aí. Tô errada?

Não deu tempo pra mais nada, só abriu a porta do quarto e gritou:
— Beatriz! Vamos sair que eu vou comprar um par novo de lentes de contato pra você.

Alexandre pegou uma carona com as duas até perto de casa. Chegou ao apartamentozinho com os três mil dólares no bolso e sentou-se no sofá. Michael estava deitado no tapete, lendo. Não perguntou onde ele tinha passado a noite, mas, de qualquer jeito, o silêncio era a mais chata das perguntas, a que menos tinha resposta. Alexandre entrou no banheiro, tirou o dinheiro do bolso, espremeu as notas na mão e apanhou o saco plástico escondido atrás da privada. Voltou pra sala, guardou os dólares na mochila, fez duas carreiras longas e fininhas em cima do papelão e ofereceu uma pro Michael.

— *No, thanks.*

Ele cheirou as duas e ficou ali sentado olhando o teto. Estava agitado, disse que ia sair pra dar uma volta e caminhou até a praia de Miraflores. Sentou-se na areia, com as pernas estiradas, de frente pro Pacífico. Em horas assim, ficava de costas pro Brasil, mas então experimentou o contrário e sentou-se de costas pro mar, pra encarar o seu país. No entanto, tinha esquecido que os Andes ficavam no meio. Caminhou pra alcançar a praça de Miraflores e ficou lá, sentado, até que foi pro cinema. Em seguida, voltou pra praia, vomitou e se deitou na areia com os olhos no céu. Sentiu a bexiga cheia, mas não se moveu, mijou sem sair do lugar, sem abrir a braguilha, sem nada. O calor nas coxas deu sono e ele dormiu ali mesmo. Era a segunda noite que passava fora de casa.

Acordou com os olhos ardendo quando dois surfistas chegaram na praia, de manhã bem cedinho. Voltou pra casa a pé e se deitou encolhido ao lado de Michael. Não queria nada, só ficar ali, por muito tempo. Michael se virou, jogou o braço por cima do corpo dele e continuou dormindo. Mas quando acordaram brigaram. Michael perguntou se ele estava pensando em só aparecer pra cheirar e fumar e desaparecer em seguida, pra só voltar quando quisesse.

— Não, cara, não é nada disso. É que você não tá entendendo.

— Tá na cara, não tem nada pra entender.

— Lá vem você outra vez. O que você quer?

Os dois pareciam não saber muito bem o que dizer. Michael começou a falar muito alto, e Alexandre morria de medo nessas horas.

— Você fica me olhando com essa cara de *jodido*, de idiota. Volta pro Brasil.

— Ah, é? É isso que você quer mesmo?

— O quê?

— Que eu volte pro Brasil? É isso?

— Sei lá. Você volta se quiser. Não tenho nada com isso. A vida é sua.

— Vou voltar mesmo, cara. Vou voltar mesmo. Você vai ver.

— *I don't give a shit. Fuck you!*

— Vá se foder você!

Michael tinha ligado o fogo pra fazer chá de erva-cidreira com limão, que era o que ele gostava de tomar quando acordava. Pegou o bule e derramou água fervendo na mão de Alexandre, que pulou da cozinha até a sala. Michael esperou ele parar de pular e gritar e esbravejou:

— *¿Y sabes qué?* Se quer sair daqui, sai. Acho até melhor.

Só que, coincidentemente, logo depois, quando os dois estavam calados, um em cada canto do apartamentozinho, apareceu Pilarsita convidando Alexandre pra viajar com ela. Ela queria ir de carro até

Nuestra Señora de Copacabana, na Bolívia, e perguntou se ele não queria ir junto. Ele ficou surpreso, olhou mais pro Michael que pra Pilarsita, esperando pra ver a reação dele. Como não houve nenhuma, já que Michael continuou na cozinha tomando chá, Alexandre disse que ia. E disse em voz alta:

— *Chévere*. Sempre quis conhecer Copacabana da Bolívia mesmo!

Em voz muito mais alta, perguntou:

— Quando?

— Já. Tô com as coisas no carro. Vamos?

Nem ele nem ela perguntaram ao Michael se ele queria ir. Na hora de sair, com a mochila nas costas, Alexandre foi até a porta da cozinha, temendo chegar perto demais, e disse, com os olhos baixos, sem encarar:

— Eu tô indo pra Copacabana com a Pilarsita.

Ficaram em silêncio alguns poucos instantes.

— Tudo bem por você?

Michael deu de ombros. Não falou nada.

— Então tô indo. Depois eu volto e te procuro.

Ia saindo, voltou.

— *Mira, nos vemos, ¿ok?*

— Ok.

E foi embora no carro amarelo de Pilarsita.

Só no caminho ela explicou direito o que estava acontecendo.

— *Están raras las cosas con mi tía*. O ambiente tá ruim, ela me olha de maneira esquisita.

— Tá desconfiada?

— Não sei. Mas não quis ficar lá esperando pra ter certeza. Melhor sair um pouco, dar um tempo.

— Foi só isto: você achou e pronto?

— Não. Meu primo veio conversar comigo. Disse que a *abuelita* tinha falado com a tia e que as duas estavam achando que tinha alguma coisa que ver as joias serem roubadas ao mesmo tempo, *me entiendes*?

— Claro, qualquer um ia desconfiar.

— *Pues*...

(79)

A estrada até Puno era linda. Saíram de Lima ao meio-dia, com o sol bem no centro do céu, iluminando a Panamericana, que acompanhava o oceano Pacífico. Foram pro sul e pararam pela primeira vez somente quando chegaram em Ica. Deixaram o carro, entraram no barco e foram até a ilha de Sangayan. Alexandre sentiu-se rodeado pelas águas do Pacífico. Não entendia a sensação, mas perguntou pra Pilarsita:

— Por que o Pacífico parece ficar tão longe do Brasil? Quer dizer, tão longe de mim?

Ela caiu na água, furou as ondas e gritou pros surfistas que deslizavam sobre o mar de ondulações muito altas, lisas e azuis. Havia pássaros por todos os lados. Alexandre se lembrou que um dia ficara sabendo, num filme francês, que os pássaros iam morrer no Peru. E ele estava a cada dia mais magro, o calção já não parava na cintura. Mesmo assim, mergulhou também e lavou tudo que achou estar sujo dentro e fora dele.

No dia seguinte, voltaram pra Panamericana e seguiram até Moquegua. Aí abandonaram a *carretera* e se afastaram do mar pra subir a serra em direção a Puno. O sol, no alto das montanhas, continuava forte e brilhante. Depois, cansados mas com vontade de seguir em frente, entraram na cidade. Alexandre gritou:

— Não dá pra acreditar, cara. Eu tô a quatro mil metros de altura.

O Lago Titicaca era outro mar, sem fim, sem lado de lá. Escorria pelo horizonte afora. Pilarsita escolheu o hotel mais caro, à beira da água. Quando estavam tirando as mochilas do carro, Dominique apareceu na rua.

— Você aqui? — gritou Alexandre.

A viagem fazia os três serem cúmplices da mesma alegria, do mesmo deslumbramento. Jantaram juntos, num restaurante que cobrava muito caro, com parede de vidro e vista pro lago. Pilarsita pagou pra todo mundo. Ela era a mais feliz dos três. Dominique também ia pra Copacabana no outro dia e ficaram de se encontrar, por volta do meio-dia, na porta do hotel. Quando entraram no quarto, ela empurrou Alexandre pra cima da cama, tirou a roupa dele e fez tudo que estava a fim de fazer: cheirou, chupou, lambeu, pôs o dedo, tirou o dedo, mordeu, apertou, esmagou e gemeu alto, sentada em cima dele, pulando.

No outro dia, às três da tarde, foram acordados por Dominique. No quarto, enquanto Pilarsita tomava banho, Alexandre enrolou um baseado pros dois. O suíço só balançou a cabeça, recusando. Quando estavam saindo do hotel, Pilarsita foi até a lojinha do saguão e comprou um tarô de Marselha.

— É pra saber o que vai acontecer. Sempre quis ter um tarô destes, por causa do desenho das cartas.

O sol, quando bate nas montanhas, fica doce. Entraram no carro e foram embora pra Bolívia.

Copacabana

A viagem seguia às margem do Lago Titicaca, e não demorou muito pra que começassem a ver a Bolívia do outro lado. O carro ia pela estrada quando, de repente, apareceu a fronteira a alguns metros de distância. Alexandre bateu no ombro de Pilarsita:

— Os bagulhos. O que a gente vai fazer com tudo isso dentro do carro?

Pilarsita não se importava:

— *Tranquilito, Alejandro, tranquilito.*

Era uma linha reta, e já podiam ver a aduana. Alexandre achou melhor tomar cuidado.

— Para o carro agora mesmo.

— *¡Qué drama, carajo!*

Freou exatamente no meio da pista que, sem asfalto, sem sinalização, sem ser estrada de verdade mas rumo traçado no chão, nem acostamento tinha. Alexandre abriu a porta, saiu e esticou as pernas – de olho nos homens fardados, que estavam ocupados. Voltou pra dentro do carro e jogou a sacola de plástico com a cocaína nos pés de Dominique, junto com cascas de laranja e papéis amassados. A *marijuana*, que estava numa bolsa de couro, enfiou dentro da calça, presa pela cintura da cueca. Ajeitou a camiseta. Pilarsita se olhou no espelho retrovisor.

— *Ay*, que cara de chincheira essa minha!

Abriu a bolsa e apanhou um pente pra ajeitar os cabelos, um lápis pra passar nos olhos, o *blush* pra avermelhar as bochechas e o batom.

— Toma, se penteia também. Você tá todo descabelado, parece doido.

Dominique permaneceu em silêncio no banco de trás do carro, como se não entendesse o que estava acontecendo. Mas também se penteou e trocou de camiseta. Aceleraram em direção à fronteira boliviana. Não aconteceu nada. O policial veio e, sem pedir que saíssem, deu uma olhada rápida e superficial pra dentro do Volkswagen; perguntou quanto tempo iam ficar no país e qual deles era o suíço, folheou bem os passaportes e liberou a passagem. Uns minutos depois, Pilarsita pôs o braço esquerdo pra fora da janela, fez o sinal de vai-se-foder, com o dedo em riste, e gritou:

— Eu não te disse? Esses bolivianos são uns idiotas!

Chegaram de noite. A lua cheia iluminava a praia toda, deixava a areia branca, e o lago imenso fazia burburinho de ondas miúdas. Copacabana da Bolívia era uma Copacabana de água doce. Pra fazer companhia ao Dominique, não ficaram no hotel mais caro. Foram pra uma pensão no centro, perto da imensa igreja em homenagem à Nossa Senhora. Nos primeiros dias, Alexandre e Pilarsita não fizeram grandes coisas. Mal viam o suíço, que era um turista mais organizado, com hora pra sair e pra voltar, folhetos e panfletos que falavam de igrejas e morros pra escalar e que mandavam tomar cuidado com o *soroche*, o mal das montanhas, que deixa todo mundo tonto, meio bambo das pernas, com a respiração curta e a certeza de que vai desmaiar dali a pouco.

Quando vinha a noite, o que Alexandre mais gostava era ficar sentado ao ar livre, olhando as estrelas. Não abaixava os olhos, estava em permanente estado de paixão pelo que a vista alcançava. Porque uma coisa é verdade e tem de ser dita aos filhos, netos e bisnetos, repetida sempre: não tem, no mundo, céu mais bonito que o da Bolívia.

Numa noite, ele já estava se preparando pra sair sozinho quando bateram na porta. Era Dominique, procurando Pilarsita.

DA VIDA DOS PÁSSAROS

— Ela não tá. Foi ao posto telefônico ligar pra uma amiga que mora em Oruro.

No entanto, Dominque entrou assim mesmo e se sentou na única cadeira que havia no quarto, além da cama de ferro e dum armário velho. Alexandre olhou pela janela, viu um pedaço do céu e achou que ele podia ficar mais bonito ainda. Então disse:

— Tá a fim de fumar unzinho?

— Ah, não, *merci*.

— Por quê? Você não tá fumando?

— Eu não fumo.

— Ah, só cheira?

— Também não.

— Não acredito!

— Mas é verdade.

— Você esteve esse tempo todo em Lima e depois viajando sem nada, de cara limpa?

— *Tout à fait.*

Assim mesmo, Alexandre fez um cigarro grande, bem grosso. Enquanto passava a língua no papel de seda, olhou pro Dominique, que estava no silêncio suíço dele, pensando em francês.

— Você não vai voltar mais pra Lima? Daqui vai direto pra Suíça?

— Ah, não. Eu vou pra Argentina, Uruguai, Brasil e só depois volto pra Genebra.

— Viajona. O que você faz lá em Genebra?

— Estudo. Teologia.

Alexandre não escondeu a surpresa.

— Teologia?

— É. Teologia protestante.

— Você vai ser pastor?

— Não sei. Posso ser, se quiser. E você, estuda o quê?

— Entrei em jornalismo, mas tranquei a matrícula. Tô dando um tempo.

Aí, chegaram ao assunto que Alexandre queria:

— Mas, vem cá, você não tá sentindo falta da *señora* Rosa?

Dominique ficou em silêncio, quieto, olhando pro Alexandre pra

(85)

entender até que fundura ia a pergunta dele. E mostrou que não tinha entendido muito bem.

— *Rosá?*

— É, a *señora* Rosa — respondeu Alexandre, sublinhando a palavra *señora*, porque achou estranho o outro dizer apenas o nome dela, sem mais nada.

— Ela é muito simpática. Marcel também.

— Mas não achou ela bonita?

— Bonita?

Demorou pra responder.

— Sim... muito bonita.

— Também acho. Sempre achei ela muito bonita. Sabe que eu também fiquei uns dias na casa deles?

— *Ah, oui?*

— É, *oui*. Eu tava num bar...

Alexandre, fumando, não tirava os olhos de Dominique e falava devagar, palavra por palavra.

— E no bar conheci *don* Marcel, que me levou pra casa dele...

— *Ahhhh, oui?*

— *Oui*. E a *señora* Rosa me tratou muito, muito bem.

— Ela é muito boa.

Dominique não contava, mas Alexandre queria saber. Por isso, ofereceu novamente o *charro* comprido e grosso. O rapaz recusou. Ele insistiu, dizendo que viajar pela América do Sul sem experimentar *marijuana* ou cocaína era a mesma coisa que ir a Roma e não ver o Papa. Quando o suíço finalmente pegou o baseado, Alexandre observou os movimentos dos lábios dele, pensando que tinham beijado a mesma boca.

— E aí?

— É bom.

Dominique disparou a rir. Ajeitava os cabelos compridos na nuca e ria. Coçava a perna mordida por mosquitos e gargalhava.

— Quer mais?

— Só mais um pouco.

Alexandre sentou-se perto dele. Disse num fôlego só:

DA VIDA DOS PÁSSAROS

— Eu também ia pra cama com ela.

Dominique parou, sem falar nada, olhando pra ele, com o cigarro na mão.

— E ele te conheceu no mesmo bar, aquele do centro, perto dos ônibus, não foi?

Dominique puxou mais maconha.

— Sim. Foi lá.

— Que coisa, hein? Somos as putas da *señora* Rosa.

Deu uma gargalhada alta, estridente, chata. Levantou-se, procurou a cocaína, fez duas fileiras e mandou:

— Vem, cheira.

Então, Dominique cheirou com vontade. Arregalou os olhos e repuxou a boca. Alexandre jogou o corpo sobre a cama. Gargalhava com a boca seca, a língua como lixa. De repente, apontou o dedo pro outro e começou a repetir, como se gostasse daquilo, como se xingasse a ele mesmo:

— Puta... puta... puta.

Dominique ficou sem saber o que fazer. Não respondia, não reagia, só se esforçava pra manter um pouco a lucidez, entre maconhas e cocas, e ouvir bem o que o outro dizia às gargalhadas.

— Somos putas, cara.

— *On est des putes, c'est ça?*

— É, é. *Des putes!*

O suíço levantou-se e disse que ia sair. Alexandre ficou deitado na cama, com o olhar preso na janela por onde via as estrelas, a lua, o céu boliviano. Não respondeu nem reparou quando Dominique abriu a porta e foi embora, doido. No quarto, ele cheirou mais, fumou mais e sentiu preguiça. Soltou-se na cama, com os braços abertos e os olhos grudados na abertura da janela. Quando Pilarsita chegou, disse que tinha falado com a amiga em Oruro e que eles iam passar uns dias lá. Mas ele já estava desmaiado, a caminho do sono.

Ao acordarem no outro dia, a pensão toda já sabia que o rapaz suíço que estava hospedado lá tinha sido encontrado morto na beira do lago, com a cara desfigurada e o crânio esmagado. Ninguém sabia o motivo, ele tinha saído sozinho, ainda cedo, pra dar uma volta na

(87)

cidade. Mas a polícia acreditava que fora assalto, porque a bolsinha que ele levava pendurada no pescoço debaixo da camiseta estava vazia. Só tinham deixado o passaporte.

Quando a polícia quis saber se alguém tinha viajado com ele, Pilarsita ficou quieta, mas Alexandre levantou a mão e disse que sim. Respondeu o que sabia, que era pouco, mas avisou que ia pra La Paz também, com o corpo. Pilarsita achou que não precisava ir, preferia ir pra Oruro. Alexandre insistiu e ela disse, então, que podia dar uma carona pra ele até La Paz, mas depois seguiria em frente. Ficaram de se encontrar em Copacabana, na mesma pensão.

Nos quatro dias que passou em La Paz, hospedado num hotel perto de El Prado, Alexandre manteve uma rotina constante. Depois de ir até a embaixada suíça e se apresentar como um amigo de Dominique, disse que ficaria ao lado dele até que a família chegasse. E fez isso mesmo: acordava, tomava o café-da-manhã, ia pro necrotério, sentava-se numa cadeira do lado do caixão e só se levantava na hora de sair, ou pra almoçar qualquer coisa perto dali. Depois voltava e sentava-se de novo, até a hora de o necrotério fechar. Não rezava, não pedia pela alma de Dominique, não pensava em nada. Queria apenas ficar ali sentado, fazendo companhia a um morto. Às vezes pensava que tinha de dar a notícia pra *señora* Rosa e pro *don* Marcel, quando voltasse a Lima.

Num dos dias, entrou uma freira no necrotério. Em silêncio, apenas movimentando os lábios, ela ficou de pé, com o terço na mão. Alexandre não tirou os olhos da roupa branca da freira e sentia-se bem perto da mulher silenciosa e madura, que não era gorda nem tinha o ar de tola de riso frouxo que as freirinhas costumam ter. Ela perguntou, depois de rezar o terço:

— Da sua família?

— Não, senhora. Amigo.

Ela percebeu que ele não era boliviano e passou a falar em português também.

— Você mora aqui em La Paz?

— A senhora é brasileira?

— Sou.

DA VIDA DOS PÁSSAROS

— De onde?

— Santa Catarina. E você? Carioca?

— Não. Nasci no Espírito Santo e moro em Brasília, mas estou vivendo em Lima agora.

Ela sorriu:

— Você mora em Brasília ou em Lima?

Ele parou pra pensar nisso. Não respondeu. Gostou da freira. Era a Irmã Roberta da Mãe de Deus, brasileira de olhos azuis. Ela voltou a rezar, mas ele quis saber:

— A senhora mora aqui?

— Sim, com a minha ordem.

— O que vocês fazem?

— O que você quer saber?

— Vocês trabalham com os campesinos bolivianos?

Ela sorriu mais ainda:

— Não, não. Nada disso.

— Orfanato?

Ela negou com a cabeça. Ele pensou antes de perguntar:

— Vocês fazem o quê? Licor? Bolo? Biscoito?

Ela chegou a rir, olhando pra ele.

— Não fazemos nada disso. Nem horta temos, sabia?

— Então pra que vocês servem?

— Acho que pra muita gente não servimos pra nada.

Ela olhou bem nos olhos dele. Ele era um dos que achavam que elas não serviam pra nada. Aí, ela disse:

— Mas todos os dias, todas as horas, de manhã, de tarde e de noite, tem alguém na minha ordem rezando pra que você seja feliz.

— Rezam pros mortos também?

A freira mostrou o terço:

— É o que estou fazendo aqui.

Ele parou, não sabia como perguntar o que queria, olhou pro terço e pra freira, levou os olhos até o caixão onde estava Dominique e perguntou:

— E pra quem quer morrer, pra quem quer muito morrer, pra quem acha que só morrendo vai ter jeito, vocês rezam também?

(89)

— Sim...

— E funciona?

— Você quer morrer?

Ele olhou pra ela, engoliu a saliva, prestou atenção no silêncio do necrotério:

— Quero.

— Sabe, tenho uma irmã que se matou. Era a minha irmã mais bonita, tinha um filho da sua idade e um dia se matou. O que eu aprendi, depois que passou a tristeza de ver minha irmã morta, é que você pode fazer o que quiser. Não aguenta mais viver? É isso que você quer mesmo? Quer ir embora? Então vai, quem vai te segurar se é isso que você quer? Mas Deus, Ele é uma coisa admirável: vai te receber de braços abertos. Nem vai notar que você se matou. Ele te ama.

— Mas não é proibido se matar?

— Quem proíbe?

— Deus.

— Alguém já ouviu Deus pra saber o que Ele proíbe ou permite?

— Os homens da *Bíblia*.

— Será que os homens da *Bíblia* tinham um ouvido melhor que o nosso ou será que ninguém nunca ouviu e inventou histórias? Depois da *Bíblia*, quem ouviu Deus? Ninguém. Então, Deus não é pra ser ouvido, nem escutado, nem visto, nem cheirado, nem é pra pôr a mão n'Ele. Deus não dá ordens nem diz o que é certo e o que é errado.

— Deus é o que, então?

Ela respondeu imediatamente, com uma certeza inabalável:

— Não sei. Só sei que Ele não quer provar nada. Não adianta provocar. Pode xingar, Ele não vai se importar. Pode blasfemar, o que tem? Pode se matar também. Deus tem necessidade de amar.

Eles ficaram assim, em silêncio, e ela convidou, depois:

— Quer rezar comigo?

— Não, freira. Vou ficar só sentado aqui.

No quarto dia, a família de Dominique chegou em La Paz pra levar o corpo de volta, e a polícia ainda não sabia quem era o assassino. Alexandre não quis ver ninguém e pegou o ônibus de volta pra Co-

DA VIDA DOS PÁSSAROS

pacabana. Quando desceu na praça e começou a caminhar em direção à pensão onde tinha marcado com Pilarsita, ouviu uma voz que gritava seu nome. Virou-se. Era Michael, com o charango.

Ele vinha caminhando, quase correndo, com um sorriso bonito no rosto, e seus olhos perguntavam se era bem-vindo. Alexandre estava muito, muito cansado, teve até vontade de indagar o que ele estava fazendo ali, mas depois pensou que não precisava. Só ficou parado no meio da rua, vendo Michael brincar de dar pulos, de agitar os braços, de correr em círculos, feito homem feliz quando reencontra.

Alexandre pensou bem e decidiu que não queria contar pro Michael da venda das joias ao antiquário. Ia ter de explicar muito, discutir, brigar – e não queria. Mas falou da morte de Dominique.

— E quem o matou? — Michael perguntou depois do susto, depois de querer saber cada pedaço da história.

— A polícia ainda não sabe. E, quer saber?, tenho pra mim que não vão descobrir nunca. É só um mochileiro morto.

Na pensão, ficaram num quarto igual ao que Alexandre tinha ficado com Pilarsita, com a mesma cama de ferro e o colchão de molas. Tudo rangia, tudo explodia em sons metálicos. Michael, na saudade que tinha, queria mais, queria demorado. Alexandre dava beijos que pegavam fogo, dava abraços cheios de *te-quiero* e *I-missed-you*. Michael brincava e ria com o escarcéu da cama de ferro, que se arqueava como uma rede de dormir. Alexandre pegou o travesseiro, pôs debaixo do quadril e abriu as pernas pro ar – era disso que ele gostava.

Um pouco antes de dormir, com a janela aberta, por onde entravam a lua, as estrelas todas, o barulho da rua, o gemido do lago e os sons das batidas dos pratos na pia da cozinha da pensão, Michael disse que não era bom ficar lá, em Copacabana, porque eram todos mochileiros.

— *Let's get out of here.*

No dia seguinte, a primeira coisa que fizeram foi ir embora pra Lima. Alexandre deixou um bilhete pra Pilarsita, avisando que não dava pra esperar mais.

Grain de beauté

Não foram pra Lima direto. Em vez de chegarem em Puno e entrarem no ônibus pra capital, continuaram montanhas adentro e acabaram em Cusco. Lá, as noites eram mais frias e o vento se escondia nos becos e ruelas. A cidade – tirando a praça central, quadrada, reta, imponente e grandiosa – parecia um organismo vivo, que se adere e toma as formas do relevo. As casas se grudavam nas ladeiras, os muros seguravam morros, as ruas serpenteavam acompanhando o sobe-e-desce do chão.

Guillermo era um argentino de Buenos Aires que eles conheceram numa das noites de Cusco, quando pra se protegerem um pouco do frio entraram por acaso na Peña, em frente à praça. Lá dentro, num espaço bastante apertado, sem palco nem balcão, misturavam-se todos: músicos, instrumentos, garçons, garrafas de cerveja e gente, muita gente. No entanto, era o som agitado, intenso e quase sempre agudo das músicas serranas, dos *waynos*, *vals* e *carnavalitos*, que ocupava o maior espaço da sala apertada. Michael misturou-se aos músicos com seu charango; e Alexandre, que dançava com uma jarra de cerveja na mão, acabou esbarrando em Guillermo.

Nos dias seguintes, Guillermo passou a andar com os dois. Foi ele quem ajudou quando, pela segunda vez na vida, Alexandre desmaiou, no meio da rua, depois de ter cheirado e fumado muito.

Estavam subindo uma ladeira que começava atrás da catedral e ia até a parte de fora da cidade quando Alexandre começou a diminuir o passo. Sofria golpes de tontura e de escurecimento de visão. Olhou pro chão e era como se as pedras lisas do caminho estreito se recolhessem numa pedra só, grande, côncava e assustadora. Queria pôr o pé pra continuar a caminhada ao lado dos outros dois, mas não conseguia, faltava coragem pra pisar no buraco que abria e fechava, lentamente. Apoiou a mão no muro velho e puxou o ar com força pra dentro do pulmão. O suor surgiu imediatamente na raiz de cada fio de cabelo, o sangue se recolheu dentro das veias, como numa súbita maré baixa, e não bastava mais pra deixar o cérebro às claras. O vômito subiu do estômago até a garganta, jorrou pela boca. Foi aí que os outros dois olharam pra trás e viram Alexandre escorrer até o chão, onde ficou sentado, com a cabeça caída pro lado.

No entanto, quando voltou a si, ele riu outra vez, ainda muito pálido.

— *No es nada, no es nada.*

Mas a nuca doía, as mãos tremiam e o estômago se contorcia. No entanto, ele tinha uma inacreditável capacidade de se recuperar e de esquecer qualquer coisa. Levantou-se e avisou que ia voltar pra pensão, pra dormir um pouco. Mais tarde, quando os outros dois voltaram, ele já estava acordado, escrevendo uma carta pro irmão, pra dizer que queria conhecer o sobrinho e que não demoraria a voltar pra Brasília.

Antes de ir embora de Cusco, Guillermo deixou o endereço da livraria da família dele em Buenos Aires e pediu o deles em Lima. Pro Alexandre, deu um livro em inglês, de capa surrada e com as pontas das páginas já desbeiçadas. Era o *Confessions of an English Opium Eater*, de Thomas de Quincey, o inglês que desceu aos infernos consumindo ópio e voltou. Depois, já sozinhos, sentados no quarto da pensão, Michael convenceu Alexandre a irem pra Machu Picchu a pé, pelo Camino del Inca. No começo, ele não gostou da ideia e olhou entediado pro Michael – que, muito animado, já queria sair e comprar frutas, *panes y dos botellas de vino*. No dia marca-

DA VIDA DOS PÁSSAROS

do pra irem, Alexandre não queria deixar a cama da pensão, não tinha arrumado a mochila na véspera e se atrasou no banho, o que fez que quase perdessem o trem até o km 88, onde a trilha começa a subir os montes.

Quando o trem foi embora e eles ficaram, não havia nada, só os dois e a paisagem inteira coberta de sol. Bem na frente, havia apenas uma ponte de tábuas e cordas, balançando, muito alta, sobre o rio Urubamba, lá embaixo. Mal tinham acabado de atravessar quando Michael, sem avisar, como se tivesse decidido ali na hora, tirou a mochila das costas de Alexandre e jogou o embrulho de cocaína e maconha dentro d'água. Foi tudo rápido, Alexandre não teve nem tempo de reagir e ficou apenas parado, depois de dar alguns passos pra voltar até a ponte, olhando o rio de correntezas rápidas que pulava por cima das pedras. Só então reagiu:

— Não acredito que você fez isso, cara. Você tá maluco?

Apanhou o charango de Michael e ia fazer a mesma coisa, jogar ponte abaixo, mas não conseguiu. O outro segurou o charango com força e puxou. No entanto, ele resistiu e ameaçou, com o instrumento balançando, preso à mão, como quem segura um bebê pelo braço antes de deixar cair.

— E agora, hein? E se eu fizesse isso, como você ia se sentir?

— Eu só quero ajudar, Xande.

— *Help me?* É assim que se ajuda? E eu posso te ajudar, porque você vai ser sempre um músico de merda, que só enche o saco com o som fino deste charango. Posso jogar ele lá embaixo e aí *I can help you.* Quer?

— Me devolve, Xande.

Alexandre devolveu o charango e sentou-se na ponte, que seguia o ritmo do vento sobre o rio.

— E agora, o que eu faço?

Segurou-se nas cordas do parapeito e olhou pras águas entre as montanhas altíssimas.

— Vou voltar agora mesmo. Não quero mais ir.

Michael não respondeu na hora. Ficou parado enquanto seu rosto se avermelhava, as mãos se apertavam e as pernas se sacudiam

(95)

como se quisesse chutar o chão. Em seguida, agarrando Alexandre pelo braço, arrastou-o pra fora da ponte. Ele reagiu, segurando nas cordas. Michael voou, como se pudesse voar mesmo, e socou a cara do outro com força. Alexandre chutou o ar e acertou onde pôde, mas Michael sempre tinha sido o mais forte dos dois, o mais furioso, o mais irado. Bateu até cansar, até passar a raiva que levava no peito desde o dia em que tinha ficado sozinho pro Alexandre viajar com a Pilarsita.

Depois, Alexandre se levantou sem dizer uma palavra e limpou a boca, que sangrava. Virou pra olhar com ódio, mas Michael estava rindo. Abriu a mochila, apanhou uma sacola de plástico e mostrou:

— Aqui, *buddy. Don't panic*. Eu também tenho.

Alexandre não podia acreditar naquilo.

— Por que jogou o meu fora?

Michael gostava de mandar, de manter o controle.

— Porque a gente cheira e fuma quando eu quiser, e só quando eu quiser. *Do we have a deal?*

Era um *deal*, o único possível ali no meio do nada, no Camino del Inca, no começo da trilha a pé. Iniciaram a subida do primeiro monte depois do Urubamba.

— A gente vai mesmo subir dois mil metros a pé?
— *Yeah. That's the idea!*
— Que péssima *idea*.

Iam ser quatro dias de caminhada e, no fim do primeiro, quando a noite chegou, a temperatura começou a cair. Pararam pra descansar e só tinham o saco de dormir canadense de Michael, feito pra aguentar neve, com pena de pato, novinho. Acenderam fogo com gravetos, comeram *pan, queso* e *melocotones* e ficaram sentados um ao lado do outro, de olho no fogo que ardia como sinal de luz no meio da escuridão dos Andes. Foi quando Michael abriu a mochila de Alexandre pra procurar uma camisa de mangas compridas pra ele e encontrou *three thousand dollars* intactos.

— O que é isso?
— É meu.
— De onde?

— Deixa pra lá.

Alexandre resolveu contar, em parte:

— Pilarsita vendeu algumas coisas da tia e da avó dela e me deu uma parte do dinheiro pra eu gastar na Bolívia, quando fui pra La Paz com o corpo do Dominique.

— Ela roubou?

— Acho que sim. Não perguntei.

— Se ela tivesse me falado eu ajudava a arranjar um preço bem melhor do que seis mil dólares. Ela te deu a metade, não foi?

Ele mentiu mais ainda:

— Foi.

— Pois é. Tem outro antiquário em Lima que eu soube que paga mais.

Michael abraçou Alexandre perto do fogo. Ficaram parados, quietinhos, sem se mexer nem dizer mais nada. O silêncio era enorme, e só do outro lado do silêncio começava o resto do mundo, pra lá das montanhas, dos vales, dos arbustos de folhas enormes e verdes, do cheiro do império inca morto. Depois, enfiaram-se no saco de dormir de Michael pra descansar, continuariam a viagem só quando o sol raiasse. Nada fazia som ou ruído.

A luz clara, dourada e ainda branda começou a se esparramar, sem pressa, primeiro pelos cabelos dos dois, que, pelados, espreguiçavam-se com os braços pra oeste e a ponta dos dedos dos pés pra leste. Então, a luz escorreu dos cabelos até a testa, os olhos, o nariz e a boca, tocando o pescoço. Espichou-se até os bicos dos peitos, pela barriga toda e pelas coxas, batendo nos paus, que se empinaram alegres com o novo dia, como se gritassem um pro outro "me usa, que tenho sangue nas veias, sou forte e lindo".

Três dias depois, com direito a dois *charros* caprichados e cinco páginas de *Confessions of an English Opium Eater* já lidas, avistaram Machu Picchu e o Monte da Lua. Os outros visitantes, que tinham chegado de trem e subido a montanha de ônibus, tiravam fotografias e posavam diante das paredes muito antigas e lisas, das casas de pedra, dos pátios arejados e da grama verde embrulhada pela neblina do fim do dia. Michael e Alexandre aproveitaram a cidade velha pra sentar, descansar, beber água e comer. Depois, desceram a pé a estrada em ziguezague que ia pra Águas Calientes, uma cidadezinha que é, na verdade, apenas um túnel feito de casas, bares, pousadas e restaurantes empilhados de um lado e do outro, bem rentes à estrada de ferro. De noitinha, quando entraram no poço de águas termais, Alexandre soltou um longo suspiro de alívio. Era ali que o Rei Sol se banhava, e o brasileiro entrou, magro e majestoso, no meio da fumaça que subia das borbulhas.

Mas era de Lima que ele gostava, e foi pra lá que voltou depois de Águas Calientes. Ali havia livrarias, cinemas, praia, bares, cheiro de comida saindo dos restaurantes, gente com cara de europeu, loiros, índios, japoneses, chineses, todos andando pelas mesmas avenidas. E tinha coca e *marijuana*, que ele voltou a comprar com a ajuda de Beatriz. Foi pra ela, aliás, que ele perguntou:

— Pilarsita já voltou?

— Rapaz, onde ela se enfiou? Foi com você pra Bolívia e sumiu.

— Ela disse que tava indo pra Oruro e eu voltei.

— A família dela lá de San Isidro tá em pé de guerra. Liguei pra procurar Pilarsita um dia e me trataram feito cachorro. E ainda quiseram saber quem eu era, de onde era, quem eram os amigos dela.

— E você disse?

— *¿Yo? ¿Estás loco?* Desliguei na hora. Só que, quando fui desligar, dei uma de tonta e pedi pra dizer pra ela procurar Beatriz quando voltasse. *Soy una bestia.*

Enquanto pôde, enquanto arranjou desculpas e coisas pra fazer, como ir com Michael no Conservatório ou sair com Beatriz, Alexandre adiou o dia de ir à casa de *don* Marcel e contar o que tinha acontecido com Dominique. Mas, numa tarde de vento forte, no meio do verão, ele desceu correndo as escadas dos fundos do jardim-de-infância, caminhou pela rua com flores dos dois lados, como uma alameda pequena que terminava num muro, e entrou no pátio onde havia a porta de vidro e ferro trabalhado. Bateu e, pela primeira vez desde que tinha chegado em Lima, só *don* Marcel estava em casa, mais ninguém.

DA VIDA DOS PÁSSAROS

Ele abriu a porta e, em seguida, voltou a fazer o que estava fazendo antes, que era ficar sentado no sofá da sala, com os cotovelos apoiados nas coxas e as mãos cobrindo o rosto, com a cabeça baixa. Alexandre entrou devagar, pra não incomodar a solenidade da tristeza de *don* Marcel. Sentou-se na poltrona em frente, do outro lado da mesinha de centro, onde ficavam o tabuleiro de xadrez e o cinzeiro abarrotado de pontas de cigarro sem filtro e com marcas de batom.

— A *señora* Rosa não tá em casa?

— Foi encontrar nossa filha na universidade, camarada.

Pela primeira vez também, ele não estava bêbado. Tinha, isso sim, os resquícios da bebedeira, que nunca largam os olhos, a boca, a expressão e o jeito de andar. Mas bêbado não estava e, por isso, sabia do que e com quem estava falando. Alexandre é que não sabia como falar. *Don* Marcel levantou a cabeça e disse:

— Andava sumido...

— Eu viajei.

— Pra onde?

— Bolívia, depois fui pra Cusco.

— Bolívia. País fodido. Peru também.

— Mas a Bolívia é linda, *don* Marcel.

— Somos todos lindos. Todos lindos. E fodidos.

Alexandre não respondeu. Ele não tinha compaixão pela América do Sul. Podia admirar a Bolívia e ver sua miséria. Podia amar o Peru e saber que o país caía aos pedaços. Mas a América do Sul, como se Brasil, Peru e Bolívia fossem unha e carne, não existia pra ele. O Brasil era país estrangeiro. No entanto, não era disso que queria falar. Ajeitou-se na poltrona e disse:

— Lá na Bolívia, Dominique teve um acidente.

— Quem?

— Dominique, um dos que já...

Mas achou melhor construir outra frase:

— Aquele suíço que ficou hospedado aqui.

— E o que aconteceu com ele?

— Um acidente.

(99)

— Morreu?

Alexandre até gostou de ele ter escolhido a palavra certa e só concordou.

— É, morreu.

Don Marcel não encarou nada nem ninguém. Só ficou ali, parado:

— Algumas pessoas morrem com tanta facilidade.

Bem nessa hora, chegaram a *señora* Rosa e Beatriz. Não Beatriz amiga de Alexandre, mas Beatriz Villanueva, a filha dos dois, que dava aulas de literatura hispano-americana na Universidade de San Marcos e tinha sido casada com o poeta Ariel Villanueva. A mãe entrou primeiro e depois ela, com os cabelos muito pretos e muito lisos, até o meio das costas, e os olhos muito pretos também, escondidos atrás de óculos de aro azul-clarinho e muito rímel. Não era alta, mas aumentava o tamanho com sandálias pretas de salto altíssimo, pra combinar com as unhas pintadas de vermelho, as dos pés e as das mãos. Tinha uma pinta, que ela chamava em francês de *grain de beauté*, logo em cima do lábio, no lado direito. Naquele dia quente de verão, estava usando uma minissaia muito curta, branca com desenhos geométricos pretos, e uma camiseta quase cor-de-rosa.

Ela só balançou a cabeça pra cumprimentar Alexandre rapidamente e depois disse:

— *Hola, papito.*

Chegou perto e deu um beijo no rosto de *don* Marcel. A *señora* Rosa foi mais efusiva e perguntou ao Alexandre por que ele estava tão sumido.

— Que bom que você ainda pensa em vir aqui em casa, mesmo que seja só de vez em quando.

Ele pensou em ir embora, estava já se levantando, quando *don* Marcel disse que Alexandre tinha más notícias. A *señora* Rosa parou na metade do caminho até o banheiro e se virou, perguntando o que era, com um pequeno, quase imperceptível, ar de apreensão.

— O Dominique foi assassinado em Copacabana.

— No Brasil? — perguntou Beatriz Villanueva.

— Não, na Bolívia.

A *señora* Rosa caminhou devagarzinho até a mesa, puxou uma cadeira e sentou-se, levando a mão até a boca.

— *Madre mía...*

Por algum motivo só deles, coisa de família, Beatriz Villanueva, depois de olhar pro pai e pra mãe, comentou:

— Eu sempre avisei. Olha aí o perigo que vocês correm abrindo a casa pra qualquer um. Isso aqui não é hotel.

Virou-se pro Alexandre e com muita frieza na voz perguntou:

— Foi assassinado como? Ele era um desses drogaditos que acham que o Peru é o paraíso?

— Não, até pelo contrário...

Mas ela nem escutou:

— Com certeza era um desses drogados que se metem com todo mundo, e acabou nisso.

Caminhou como uma imperatriz pela sala. A ocasião era dela. Tinha, pela primeira vez na vida, a oportunidade de dizer tudo. E bem no centro da sala, em pé, perguntou:

— Quando vocês vão parar com isso?

A *señora* Rosa, ainda sentada na mesa, pediu:

— Por favor, Beatriz, Alexandre está aqui...

— *¿Y qué importa?* Se eu sei que ele é um deles!

Alexandre se levantou de uma vez só, assustado. Caminhou até a porta, querendo ir embora, mas Beatriz Villanueva gritou com tanta energia que ele ficou parado, estatelado:

— *¡No me abras la puerta!*

Don Marcel, que não tinha dito nada, quis ajeitar as coisas:

— Você não sabe do que está falando, Beatriz. Foi um rapaz suíço que viajava sozinho, sem ter pra onde ir.

— Suíço, brasileiro, alemão, japonês. Já passou de tudo por esta casa. Eu ainda era criança, adolescente, e eles já vinham, um atrás do outro.

A *señora* Rosa quase gemeu:

— *Hijita, te lo ruego.*

— Tarde demais pra rogar, *mamita*.

Aproximou-se do pai, abaixou-se pra ficar cara a cara com ele. Por trás, Alexandre via a calcinha dela, mas não queria ver. Olhou pra porta, mas não deixou de escutar quando ela disse, pausadamente, pra que ninguém perdesse uma só palavra:

— Sabem como o senhor é chamado na Universidade, *papito*? *El viejo condor*. O condor velho que sai pra buscar comida pra fêmea nova que espera no ninho.

A *señora* Rosa estendeu a mão em direção a Alexandre:

— *No hagas caso*, ela está nervosa. A minha filha só está nervosa.

Mas Beatriz continuou. Ela tinha muito que falar.

— *Sabes, Alejandro*, quer que eu te mostre o que aprendi nesta casa?

Caminhou até perto da porta, olhou pra ele e, de repente, sem pudor ou timidez, beijou-o na boca. Ele perdeu o fôlego, quis escapar do beijo, quis dizer não, mas não tinha remédio. Ela beijava e mordia os lábios dele. Depois se afastou, passando a mão na boca com o batom borrado.

— Foi isso que aprendi. E aprendi com esses dois, que até hoje usam o *Ejército de Liberación Nacional de Perú*, o *Ejército de Liberación Nacional*, não é pouca coisa, pra trazer homens aqui pra dentro de casa! Ah, porque a luta fracassou, *pobrecitos*, porque a revolução não aconteceu, *uy, qué lástima*! Porque eles têm de fazer alguma coisa com o fracasso, com a amargura, com a dor deles. Dor, *pero que dolor de mierda, que me estoy cagando*. É esta a revolução de vocês?

E estendeu o braço, teatralmente, em direção a Alexandre, como se ele fosse uma personagem dramática chamada na hora de entrar em cena. Ele, amedrontado, não saiu do lugar.

A *señora* Rosa se levantou da cadeira. Ela, que fumava muito, e cigarros sem filtro, tinha a voz rouca, profunda:

— Nunca, nunca fui falsa com você, Beatriz. Nunca te ensinei nada que não estivesse de acordo com minha vida. Você não pode negar isso.

— Não, *usted* nunca *mintió*. A senhora sempre se mostrou demais. Sempre foi a mais linda, a mais atraente, a mais envolvente, a mais fascinante. E sempre tão revolucionária!

Alexandre se aproveitou do momento, abriu a porta e saiu correndo pelo pátio, pelo corredor, pela rua e pelas escadas até entrar e se trancar em casa. Lá, riu enquanto tirava a roupa, riu enquanto tomava banho e riu até enquanto gozava, pensando na revolução da *señora* Rosa. Só que, quando gozou, tentou se apoiar na parede e não conseguiu. Sabia que estava desmaiando e deslizando no chão molhado. Ao cair, bateu a testa na privada.

A vermelhidão das beterrabas

Foi um susto atrás do outro. Quando Alexandre acordou no hospital, com quatro pontos na sobrancelha esquerda e uma anemia que se não fosse tratada poderia virar crônica, Michael contou a ele que a coisa tinha se complicado, porque a polícia estava procurando Pilarsita por roubo de joias e prataria.

Mas antes ele tinha de pensar nessa novidade de ter anemia e se tratar.

Pela primeira vez, a cozinha do apartamentozinho via carne de fígado e bife quase cru, que eram a comida de Alexandre na fase de recuperação. Por causa da doença, quem passou a ir lá com certa frequência foi a *señora* Rosa. Um dia, ela apareceu com uma bandeja com salada de beterraba e cenoura. Enquanto ele comia, ela sentou ao seu lado, no chão. Sabia segurar os joelhos com tanta delicadeza que até mesmo ali, de vestido justo, ficava elegante e linda.

— Está tão magrinho, *Alejandro*.

Ficou passando a mão nos cabelos dele, que tentava engolir as beterrabas vermelhíssimas e adocicadas.

Outro dia, levou um prato de filé acebolado, o bastante pra ele e Michael, que não estava em casa.

— Michael não come carne de jeito nenhum.

— E você, está gostando?

Ela passava a mão no peito dele, pra ver se estava mais forte. De outra vez, a refeição foi mais caprichada. Num prato de madeira, com sulcos nas bordas pra aparar o sumo da carne, levou um filé alto, malpassado, com cenouras cozidas no vapor. Levou também uma garrafa de vinho e duas taças. Ele perguntou:

— Depois daquilo tudo com a sua filha, como ficou?

— Ah, minha filha... Sempre foi assim.

— Mas, caramba, ela tava nervosa.

— Queria atingir o pai.

Passou uns quatro dias sem aparecer, porém quando voltou trouxe uma panela cheia de arroz com espinafre, uma salada de beterraba e um prato de iscas de fígado.

— Assim Michael pode comer também.

Alexandre experimentou. Odiava beterraba e, pra não ter de continuar comendo, falou:

— Mas o que sua filha disse é verdade.

A *señora* Rosa fingiu que não tinha ouvido. Nem deu atenção e ia se levantando pra pegar um guardanapo na bolsa quando ele voltou a tocar no assunto:

— Ouviu o que eu disse?

— Ouvi.

— E aí?

— O que você quer que eu diga, *Alejandro*?

— Não sei. Mas a última conversa que tive com Dominique, o que morreu em Copacabana, foi sobre isso.

— Sobre o quê?

Ele ia começar a explicar, mas resolveu dizer o que tinha vontade:

— Que nós dois éramos suas putas.

Não que ela tenha sorrido na hora em que ouviu aquilo, mas também não se chocou nem se arrependeu de nada. Acendeu um cigarro, que era a sua maneira peculiar de se preparar pras grandes batalhas, e só então disse:

— Minhas putas... Que coisa baixa, *Alejandro*. Você fala como minha filha, com a ingenuidade de quem tem certeza de que o mundo está a seu favor e de que, por isso, pode tudo. O mundo é sujo, falso, malcheiroso, ruim, e parece que você é o único que sabe disso.

— Eu? Eu não acho que o mundo tá a meu favor, não. Quem me dera.

— Acha sim, acha sim.

Ela acariciou Alexandre, passou as mãos nas pernas dele. Ele estava sentado no chão, com as costas apoiadas na poltrona da sala. Ela sorriu com uma ternura imensa:

— Ah, *mi querido Alejandro*, seria tão bom se eu chegasse aqui e te dissesse que você é um drogadito, um *maricón* e um ladrãozinho. Eu ia entender tudo e ficaria tranquila. Mas você é um drogadito, um *maricón* e um ladrãozinho, e eu te adoro.

— Isso tudo que você tá me dizendo sabe o que é? É a história mais antiga do mundo: quando o tempo passa, a gente perde a pureza, vira canalha. Não é só o poder que corrompe, a idade também.

— O que estou dizendo é o contrário. Deixe o tempo passar, mas não perca a pureza nunca. Faça o que tiver de ser feito, viva o que tiver de ser vivido, negue, renegue, faça o contrário do que acha que é certo e honesto. Não morra por nada, aceite qualquer coisa. Só não perca a pureza.

Ela beijou a boca dele, sem pôr a língua, apenas roçando os lábios, parada, com o cigarro numa das mãos. Depois, ajoelhou-se ali no chão mesmo, apertou com delicadeza o rosto de Alexandre entre as mãos e beijou-o novamente, dessa vez com a língua. Disse, antes de ir embora:

— Vou sempre gostar muito de você.

Mais tarde, Michael chegou em casa e comeu todo o resto do arroz e da salada de beterraba:

— *Very good*. Quem fez? Você?

— Não. Uma pessoa que vai sempre gostar de mim.

No entanto, como a *señora* Rosa não ia com frequência, ele às vezes ia até a *carnicería* pra comprar mais fígado. E estava voltando com Michael quando, de um carro parado em frente ao jardim-de-infância, saíram dois homens vestidos de terno. Michael e Alexandre ficaram parados, um pé lá e outro cá, prontos pra correr.

(107)

— *Buenas tardes...*
— *Buenas...*
— Vocês são os moradores desse apartamento?
— Por quê?
— Conhecem María del Pilar Swayne Bermejo Nuñes Gracías?

Eles pensaram, somaram, subtraíram, adicionaram, pesaram, consideraram e levantaram hipóteses, tudo numa questão de segundos, até que Michael respondeu:

— Sim. Mas o que houve?
— Sabem onde ela pode ser encontrada?
— Não. Por que tão querendo saber?
— Não sabem se viajou ou se continua em Lima?
— Parece que viajou. O que foi?
— E pra onde teria viajado?
— Não sabemos. Pra que vocês querem saber?
— Disse quando voltava?
— Nós podemos saber por que estão perguntando?

Um dos homens parou, olhou pros dois e respondeu:

— O que souberem nos avisem; o que esconderem nós ficaremos sabendo. Não banquem os espertinhos.

Entraram no carro e foram embora.

É nessas horas que a gente aprende a ser ágil. Subiram as escadas a galope e deixaram as compras em cima da pia da cozinha. A primeira providência de Michael foi avisar que pegaria a cocaína e a *marijuana* e jogaria tudo fora. Alexandre foi terminantemente contra e, pra mostrar que tinha razão em achar aquela uma atitude drástica e desnecessária, encontrou a saída. Apanhou o charango, soltou as cordas, enfiou as duas sacolas de plástico lá dentro, pôs as cordas de volta, guardou o instrumento dentro da capa de alpaca, fechou o zíper e disse:

— Vou deixar com a *señora* Rosa.

Lá, inventou uma história que se tornou quase inteiramente verdade logo em seguida. Perguntou se podia deixar o charango na casa dela.

— *Por supuesto que sí.* Mas aconteceu alguma coisa?

DA VIDA DOS PÁSSAROS

— Não, não é isso. É que o pai do Michael está indo pra La Paz, por causa dos negócios dele, e a gente vai passar uns dias lá. O charango é muito valioso, não é seguro ficar lá no apartamentozinho. Posso deixar aqui?

— *Sí*, claro. E quando voltam?

— Em alguns dias.

— Não desaparece, *Alejandro*. Gosto muito de você.

— Eu também gosto muito de você.

Foi sua vez de dar um beijo nela, de leve, quase de raspão, antes de sair porta afora e voltar correndo pra casa, só pra pegar Michael e irem ao posto telefônico. Alexandre queria falar com Pilarsita em Oruro.

— Mas você tem o telefone dela?

— Quando viajou lá de Copacabana, ela deixou num papelzinho.

Entre pedir a ligação e conseguir falar, passaram-se mais de duas horas. Alexandre andava de um lado pro outro na calçada. Michael, sentado dentro do posto, batia as mãos nas coxas. Quando finalmente conseguiram, quem atendeu foi a amiga de Pilarsita:

— Ela acabou de ir embora, não faz nem dez minutos. Pegou o carro e disse que ia pra Copacabana, encontrar com você lá. Você já tá em Lima?

Naquela noite havia um voo pra La Paz, e era nele que eles iam embarcar. Voltaram pra casa e juntaram as roupas numa mochila. Era a primeira vez que punham as roupas todas juntas, mas nem tiveram muito tempo pra reparar. Estavam aflitos, com pressa, tinham medo. Quando saíram de casa, ainda tiveram o cuidado de reparar se tinha algum carro ou alguma pessoa estranha na rua. Aparentemente não tinha ninguém, mas se tivesse iriam do mesmo jeito. Apanharam o primeiro táxi e pediram pra ir ao aeroporto. O avião tremeu sobre os Andes, e Alexandre se agarrou nos braços do assento. Então, o avião sacudiu mais, feito um cavalo com montaria nova, e o brasileiro apertou a mão de Michael. Quando chegaram a El Alto, o aeroporto de La Paz, estavam a quatro mil metros de altura. Depois de poucas horas dentro de um ônibus, chegaram à pensão de Copacabana. Pilarsita estava lá, jantando. Ela se levantou, feliz por ver Alexandre e espantada por ver Michael.

(109)

— Mas você tinha deixado um bilhete avisando que ia embora pra Lima. O que aconteceu?
— Fui e voltei.
Ela se virou e disse, quase seca:
— *Hola*, Mike.
— *Hola*, Pilarsita.
Retomou a conversa com Alexandre:
— Por que você voltou?
— Acaba de jantar e vamos pro quarto. Eu te explico.
— Ai, meu Deus. O que é? É o que eu tô pensando?
Michael pediu outro quarto e subiu as escadas. Logo depois, Alexandre foi com Pilarsita pro quarto dela. Ela quis abraçar e beijar, mas ele avisou que tinha más notícias.
— Deu a maior merda. A polícia foi lá em casa e perguntou por você. Eles têm seu nome e seus quinhentos sobrenomes. Sua família de San Isidro te denunciou por roubo.
— Eles tiveram a coragem de fazer isso? *Hijos de puta*.
Ela sentou-se na cama. Pensou no que fazer, em silêncio, diante de Alexandre, que ainda estava de pé e disse achar que ela não deveria voltar pra Lima. Ela ficou quieta mais um pouco, abriu a bolsa e tirou o tarô de Marselha.
— Vou ver nas cartas.
— Você sabe jogar?
— O que você acha que eu tava fazendo esse tempo todo em Oruro? Minha amiga é taróloga. Eu tava lá aprendendo.
Ela espalhou o baralho sobre a cama. Fez montinhos e círculos, cruzou as cartas, virou algumas, desvirou outras. Raciocinou.
— Vou voltar pra Oruro.
— Quando?
— Amanhã.
Alexandre procurou a janela pra ver o céu de Copacabana. Dessa vez, todas as estrelas estavam lá, menos a lua. Ele olhou pro baralho em cima da cama e pediu:
— Joga pra mim?
Ela recolheu as cartas, entregou pra ele e pediu:

— Embaralhe. Agora corte. Separe doze cartas. Quer perguntar alguma coisa certa ou quer o geral?

— O geral.

Ela desvirou as doze cartas.

— Você é uma pessoa muito exigente, nunca está satisfeito com nada, é um sonhador. Nunca vai voltar pro Brasil. Você ama uma pessoa, mas tem outra que te persegue. Você vai viver com essa pessoa.

— A que eu amo ou a que me persegue?

— A que você ama.

Ele quis perguntar quem era a pessoa que ele amava, mas achou que ela poderia ficar chateada e ficou quieto. Nem por isso deixaram de se abraçar, beijar e apertar em cima da cama, até que se deitaram, tiraram as roupas e Alexandre se deixou levar por Pilarsita, que fez tudo que queria com ele até gozar. Antes de o dia amanhecer, Pilarsita já estava dormindo e Alexandre se levantou, ainda tonto de sono. Mesmo assim, conseguiu vestir a calça e, com a camisa, a cueca, as botas e as meias nas mãos, procurou o quarto onde estava Michael. Entrou, deitou-se ao lado dele e dormiu, enquanto dava mais uma olhada pela janela pra ver *el cielo y las estrellas* da Bolívia.

No dia seguinte, Pilarsita chorava na porta da pensão, parada ao lado do carro. Alexandre olhava pra ela sem saber o que dizer.

— Vou pra Oruro, mas volto. Me espera? Você vai lá depois?

Ninguém tinha coragem de se mexer. Michael, mais afastado, estava em pé na porta da pensão. Alexandre estava a dois passos de Pilarsita, mas se aproximou e deu um abraço apertado, demorado, com beijos. Ela, então, virou-se pro Michael e despediu-se:

— Me desculpa por tudo, Mike. Apareça também lá em Oruro pra me ver.

— *God will keep you company.*

— *Ay, sí, sí.*

— *Bye.*

— Bom, então tá. Tchau.

Deu mais um beijo demorado em Alexandre, mas logo depois entrou no carro. Quando ficaram sozinhos, Michael disse que queria ficar mais uns dias.

(111)

— *I like it here. ¿No te gusta?*
— Gosto — disse Alexandre, pensando nas noites estreladas.

No meio da tarde ensolarada, saíram pra passear de barco sobre as águas muito claras e transparentes do imenso Titicaca, o lago mais alto do mundo. Remaram até a praia quase desaparecer, e só então soltaram o barco, que rebolava de mansinho acompanhando o compasso miúdo do mar doce. O silêncio da Península de Copacabana, quatro mil metros acima do mar, refletia a calmaria dos oceanos sem terra à vista. Alexandre se deitou no fundo do barco e fechou os olhos. Michael inventou, ali na hora:

— Você conhece a técnica dos 32 beijos?
— Não. Como é?

Michael se deitou ao lado dele no fundo do barco e explicou:
— É uma técnica navajo...
— Como você conhece uma técnica navajo?
— Porque sou navajo.
— Você é judeu, Mike. Não é índio.
— Mas posso dizer assim mesmo?
— Pode, diz.
— Uma pessoa tem que dar 32 beijos na outra, sem repetir os lugares.
— Ah, mas isso parece uma técnica xavante, que quando um dá um beijo o outro tem que beijar de volta no mesmo lugar.
— Ok, então a gente faz uma dupla navajo-xavante.

Depois dos 64 beijos, Michael, que já estava sentado outra vez, enfiou a mão na água. Era como enfiar a mão num céu de cristal azul-claro, frio, quase gelado.

No fim da tarde, começo da noite, no quarto da pensão, Michael experimentou, pela primeira vez, dar tapas em Alexandre. Ele estava nu, deitado de costas, com os olhos fechados, arrepiando-se com os lábios de Michael em sua nuca e em seus ombros, quando sentiu a mão bater com força na carne da bunda.

— *No, don't.*

Michael bateu outra vez, com mais vontade. Alexandre balançou o corpo e pediu pra ele parar, mas Michael foi mais rápido e puxou-o pela cintura, pra que ele ficasse apoiado nos joelhos e nas mãos, em

DA VIDA DOS PÁSSAROS

cima da cama. Bateu outra vez. Bateu e beijou. Bateu e lambeu. Bateu e gemeu junto com Alexandre. Apertou e arranhou, sem se importar quando ouviu que não era pra fazer aquilo. No entanto, depois que acabou e descansaram um nos braços do outro, Alexandre, no fundo, no fundo, até que tinha gostado.

Voltar pra Lima, depois de cinco dias em Copacabana, foi um processo trabalhoso. Não por viajarem por estradas empoeiradas e montados em ônibus velhos. Difícil foi chegar em casa, com cuidado, de olho na praça Santos Dumont e na rua sem saída. E depois telefonar pra Beatriz, a amiga, não a filha de *don* Marcel.

— E como tá a barra por aqui?

— *Tranquila*. Eu, pelo menos, nunca mais fui procurada. Parece que a família da Pilarsita também se acalmou. A avó, que mora em Huanta, se arrependeu e pediu pra pararem com a investigação, que era coisa da família, não era pra misturar polícia. Quer dizer, pelo menos por enquanto, tá tudo calminho.

Aí eles entraram em casa, onde um cheiro doce e insuportável de coisa morta os esperava. Quando abriram a porta, recuaram, assustados. A podridão se espalhava pelo apartamentozinho, mas Alexandre prendeu a respiração e entrou. Na cozinha, o fígado e os bifes de carne vermelha esquecidos em cima da pia, na pressa de ir pra Copacabana, davam vida a bichinhos, vermes e lombriguinhas que se contorciam de prazer. Passaram metade da tarde limpando a casa. Michael apanhou um vidro de perfume, que tinha desde o primeiro dia de sua viagem, ainda nos Estados Unidos, e espalhou no ar. Depois do banho, Alexandre disse que era hora de comemorar e que ia à casa da *señora* Rosa apanhar o charango.

Ela não estava, somente a empregada e um argentino que *don* Marcel tinha conhecido no bar do centro da cidade. Quando Alexandre entrou na biblioteca do segundo andar, ele estava lá, tocando o charango, sentado na cama. Os dois se olharam sem saber o que dizer. Alexandre reagiu:

— Vim pegar o charango.

— Ah, é seu?

— É.

(113)

O bojo estava vazio. Olharam-se em silêncio. O argentino demorou, mas sorriu com malícia e perguntou:

— Vai ter coragem de contar pra ela o que tinha aí dentro e desapareceu?

Alexandre guardou o instrumento dentro da capa e saiu da casa. Michael, que antes tinha tido a ideia de jogar a cocaína e a *marijuana* fora, estava agora muito, muito puto. Nenhum dos dois conseguia se acalmar, porque um culpava o outro. Alexandre repetia várias vezes que se Michael não tivesse inventado a história de se livrarem das coisas nada daquilo teria acontecido.

— Você entrou em desespero, cara. Não dá pra ser assim. A gente tem que manter o sangue-frio.

Tudo mais já tinha sido esquecido, o que eles queriam era acertar as contas com o argentino. Pra isso chamaram Beatriz, que aceitou imediatamente. Ela tinha a grande vantagem de gostar de todas as ideias e querer participar de todos os planos, até dos que não entendia muito bem. No entanto, tinha o dom de nunca perguntar nem ter curiosidade de saber o que não compreendia.

Enquanto eles esperavam na janela pra ver a que horas o argentino sairia de casa, Lucho chegou. Ele também ficou lá esperando, achando graça de cada pedaço da história do charango que tinha ido cheio e voltado vazio. Beatriz alertou:

— *Mira, mira.* Tem alguém saindo da casa!

Era ele. Atravessou a rua, cruzou a praça Santos Dumont e caminhou como se fosse pro restaurante que ficava depois da praça, quase perto do cine Alhambra. Beatriz se arrumou, ajeitou os cabelos, piscou os olhos pra umedecer as lentes de contato e saiu pra cumprir a sua parte no plano. Entrou no mesmo restaurante, sentou-se no balcão e, enquanto ele comia, ela pediu um *jugo de papaya* e sorriu pra puxar conversa.

— Quer um pouquinho?
— *No, gracias. ¿Y tu, querés?*
— Já almocei.

Mas essas coisas são demoradas, exigem tato e paciência. Só bem mais tarde, quando já estavam passeando em Miraflores, Beatriz perguntou se o argentino não queria ir com ela pra casa dum amigo que tinha deixado o lugar vazio.

— Tenho a chave e um pozinho lá... Quer?

Bonita, bonita Beatriz não era, mas sabia conquistar um homem. Então, eles foram pra casa do Kuba. Quando entraram, lá dentro já estavam, tensos, arrepiados, com *las caras rojas and the eyes wide open*, Michael, Alexandre e Lucho, que chegou a se arrepender de ter aceitado fazer parte do plano ao ver que o argentino era muito bonito, com a cara boa e os olhos doces. Já os outros dois não se importaram com a bondade nem com a doçura de ninguém. Alexandre foi o primeiro a dar um soco. Lucho se afastou e cobriu os olhos com as mãos. Michael levantou o argentino e ajudou a bater. Quando o rapaz tentou fugir, Beatriz se colocou entre ele e a porta:

— Não, daqui ninguém sai.

O murro de mão fechada de Michael em cheio nas costas fez que ele caísse outra vez pra ser chutado *one, two, three times*. A dor era *la sangre roja* que jorrava da cabeça e da boca. Ele gritava e se encolhia no chão da casa do Kuba. Michael, que sempre fora o mais forte, puxou o rapaz, pela gola, pra cima da poltrona de couro. Alexandre perguntou:

— Vai contar? Vai contar pra *señora* Rosa por que tá todo arrebentado?

Quando Michael ia começar a bater de novo, Lucho gritou:

— *Ay, no, por favor, ya está. ¡Basta!*

E já não era preciso fazer mais nada mesmo. O argentino estava ensanguentado, *herido, hurt*, machucado e chorava com as mãos no rosto. Quando saíram de lá, Michael deu meia-volta, apontou o dedo e disse o que, na verdade, sempre tivera grande vontade de dizer:

— *Never bullshit a bullshitter.*

Só Lucho ficou pra trás, cuidando do argentino, com pena.

A banda de rock

Alexandre e Michael até ficaram preocupados quando o argentino não voltou pra casa da *señora* Rosa nos dois dias seguintes, mas depois ficaram sabendo que ele ainda estava na casa do Kuba, com o Lucho, que tinha telefonado pra Beatriz e dito que o brasileiro e o americano tinham exagerado e, por isso, não queria ter mais nada que ver com eles. Assim, Michael teve de conseguir outro professor de charango, que dessa vez dava aulas na própria casa, no bairro de Lince.

Alexandre encontrou a *señora* Rosa, por acaso, na porta da casa dela, quando ela queria justamente saber onde estava o argentino desaparecido. Ele chegou a dizer que tinha ouvido de uma amiga, Beatriz, que o sumido estava na casa de um amigo seu, mas que não sabia onde era. Isso fez que a *señora* Rosa ficasse mais aliviada – alívio que durou pouco, no entanto, porque o argentino reapareceu, ainda roxo, todo machucado e com dores nas costas. Beatriz, a outra, a filha de *don* Marcel, a Villanueva, também ficou sabendo e teve uma nova reação.

Tudo isso aconteceu em uma época de muito nervosismo. Um dia, quando voltava da aula de charango, Michael foi atraído por uma foto estampada na página de um jornal na banca. Quando chegou em casa, esperou Alexandre voltar da praia de Barranco pra avisar:

— Olha aí o nosso amigo no jornal.

Alexandre reconheceu imediatamente. Era Echeverría, o antiquário, preso por envolvimento com compra e venda de joias roubadas. A prisão dele parecia ser coisa séria, porque o governo de Velasco Alvarado, que comandava uma junta militar, era nacionalista, radical e queria moralizar o país pra mostrar à oposição e aos grevistas que entulhavam as ruas que a mão que estava no comando era forte. Por isso prenderam um homem rico, de família conhecida. Além disso, o jornal falava também de uma quadrilha de estrangeiros envolvida no esquema do Echeverría.

— Quadrilha?

Michael estava com medo, mas achou graça:

— Quadrilha mesmo. Vai ver somos nós dois.

— Não, impossível. Ele não tem o nome da gente, nem o endereço, nem nada.

— Mas ele conhece a *señora* Rosa. Não foi ela que te apresentou?

Um risco de arrepio gelado, ruim, correu pela espinha de Alexandre de alto a baixo. Lima desmoronou em sua frente, o verão virou inverno de uma hora pra outra. Ele olhou pela janela e sua vista alcançou a praça vazia. Os dois ficaram sentados em casa sem saber o que fazer nem por onde começar, até que Michael perguntou:

— Você acha que a gente tem que ir embora?

— Não sei. Você acha?

— Não sei também.

Ele estava começando a ficar muito nervoso. Andava de um lado pro outro. Olhou pela janela várias vezes, procurando carros parados na beira da calçada. A noite começou a descer sobre a cidade, e o barulho dos carros que voltavam pra casa assustava os dois. Era como se, de repente, toda a graça tivesse acabado. Foi aí que, outra vez, Michael abriu a janela e avisou, com a voz baixa:

— Tem um carro parado aqui em frente.

Alexandre fechou a janela, mas antes também olhou. Estava lá: preto, imóvel, quieto, com um homem fumando um cigarro dentro.

— Primeiro vieram por causa da Pilarsita, agora por causa do Echeverría. Não vai ter escapatória, desta vez prendem a gente.

— Calma, Mike, pode nem ser nada.

Raciocinou um pouco. Tinha de achar uma saída, tinha de ficar calmo, de não desabar ali na frente do Michael.

— Olha, eu vou até a casa da *señora* Rosa.

— Fazer o quê? Que você tem que fazer lá?

— Vou perguntar. Vou ver se ela é amiga do cara. Vai ver nem é, só conhece.

— Eu vou junto. Aqui não fico.

Apagaram a luz e fecharam a porta do apartamentozinho devagar, com cuidado, como se até mesmo o mais leve ranger pudesse alertar a cidade inteira. Desceram as escadas em silêncio, como se andassem pro banco dos réus. O carro ainda estava lá, no mesmo lugar, feito bicho que tocaia pra atacar na hora certa. E tinham de passar por ele. Alexandre abaixou os olhos, enfiou as mãos nos bolsos da calça e deu o primeiro passo, sem olhar pros lados. Michael foi em seguida. Andaram até a metade da rua e entraram no pátio da casa de *don* Marcel. Lá de fora mesmo, já ouviam as vozes agitadas. E, quando entraram, o cenário estava montado.

No sofá, ao lado de *don* Marcel, estava o argentino todo quebrado, que se assustou ao ver os dois mas não disse uma palavra. Em pé, perto do corredor que ia pra cozinha, estava a *señora* Rosa e, andando de um lado pro outro, como professora, estava Beatriz Villanueva. Ela não se importou com os dois e continuou o que estava dizendo:

— E o meu companheiro, ele nem quis entrar, preferiu ficar lá fora me esperando. Sabem o que é isso? Isso se chama constrangimento. Cons-tran-gi-men-to.

Pra Alexandre e Michael era um alívio. Podia ser que o carro parado lá fora fosse do tal companheiro de Beatriz. Podia ser, mas eles não tinham certeza. O que fizeram, então, foi acompanhar com os olhos *don* Marcel, que sem dizer nada se levantou e subiu as escadas pro segundo andar. A *señora* Rosa ocupou o lugar dele no sofá e segurou a mão do argentino, que, com as costas apoiadas, ainda gemia um pouco de dor. Beatriz insistiu:

— O que aconteceu com você? Por que não fala?

Ele continuava calado, como se guardasse um segredo fatal.

— A senhora tá vendo, *mamita*? Primeiro um morre, depois outro aparece aqui neste estado.

E aí se virou pro Alexandre e perguntou:

— Você não tem medo? Não tem medo de que uma coisa ruim possa te acontecer de repente?

Ele sentiu as pernas tremerem. Podia mesmo ser praga, maldição, sina. Podia ser que se desse mal, que não se livrasse. E estava pensando justamente nisso quando *don* Marcel começou a descer as escadas, lentamente, degrau por degrau, passando por cada quadro pendurado na parede, do segundo andar até a sala. Eram mais de dez pinturas, todas de diferentes artistas do Peru e do mundo inteiro, mostrando a mesma mulher, a mesma musa, a mesma *señora* Rosa.

Don Marcel estava com um revólver na mão. Michael se afastou com os olhos muito abertos. Alexandre, sem saber o que fazer, ficou parado ali mesmo, olhando pra Beatriz, que abria a boca de surpresa. O argentino, quando viu, começou a chorar mais ainda, e a *señora* Rosa se levantou. Formavam um semicírculo, com cada pessoa atada à arma de *don* Marcel por um fio invisível, muito esticado, tenso. Ele, com o braço estirado, girava o corpo como se procurasse o alvo, fazendo que as pessoas, cada uma delas, dessem um passo pro lado, pra se esquivar. Com paciência, mas também com uma angústia imensa, a *señora* Rosa falou, sem olhar pra ninguém, em tom de anúncio:

— Se alguma coisa acontecer aqui hoje, eu não te perdoarei, Beatriz.

Do outro canto da sala, Beatriz respondeu, também sem olhar pra ninguém, com os olhos agarrados na arma do pai:

— Eu é que nunca perdoarei a senhora. Nem nunca perdoarei meu pai.

A conversa era lenta, quase pausada, cheia de pânico. A arma apontada cadenciava o ritmo das respirações, marcava as caras, dava som pras palavras que as duas mulheres diziam, uma com ódio da outra.

— Calem a boca!

O grito de *don* Marcel teve o efeito de um tiro. A mão dele tremia, os olhos gemiam de dor.

— Em quem eu atiro primeiro? Na juventude destes rapazinhos?

E se aproximou de Michael e Alexandre.

— Em você, Rosa?

E aí caminhou em direção a ela, com a arma mirando o peito da mulher.

— Ou na minha filha?

Apontou o revólver pra Beatriz e ficou parado, como se quisesse mesmo atirar e atravessar o peito da filha. Mas levantou o braço até que a boca da arma pressionasse a própria cabeça:

— Ou devo acabar comigo logo de uma vez?

Beatriz deu um grito quando Michael pulou em direção a *don* Marcel pra pegar a arma. O argentino se encolheu na poltrona e Alexandre pulou junto com Michael. A *señora* Rosa se manteve firme, de pé, olhando aprovadoramente. Ela sabia que eram eles que iam salvar a situação. Depois, já com *don* Marcel sentado no degrau da escada, ela pediu:

— Levem essa arma daqui, façam o que quiserem com ela.

E parecia estar pedindo mais, que eles aproveitassem e fossem embora também. Michael, ainda respirando pesado, com o revólver na mão, não queria falar nada nem escutar coisa alguma. Queria ir embora, mas, quando já estavam no pátio, antes de atravessarem o corredor entre as duas outras casas, Alexandre lembrou que era perigoso ir armado, por causa do homem do carro. Michael alargou a cintura da calça e escondeu a arma lá dentro, presa à cueca. E ainda disse:

— Gosta assim, mais volumoso, cara?

E resolveram passar descontraídos pela rua até entrarem de novo em casa. No entanto, antes de dormir e depois de já terem tomado banho juntos, Michael voltou ao assunto de ir embora:

— Essa cidade acabou, já era, *buddy*. Vamos embora daqui.

Na verdade, os dois estavam cansados e não queriam admitir. Michael pensava em desistir dessa história de ser traficante de drogas especializadas ou criador de lhamas, nem queria mais ser professor de espanhol quando voltasse pra casa. Com Alexandre, era uma coisa só: ele estava cansado daquela América do Sul, não ia achar ruim voltar pro Brasil, que era longe dali. Contudo, preferia, talvez, ir pra Oruro, encontrar Pilarsita. Mas também podia ir pra outro lugar qualquer. Pensando bem, até ficaria em Lima mais tempo, mas Michael queria ir embora, devolver o apartamentozinho pro proprietário, arrumar as coisas e partir.

— Mas você quer ir pra onde, Mike?
— Queria conhecer a Argentina.
— A Argentina?
— É.
— Fazer o que lá?
— Lembra o Guillermo, que a gente conheceu em Cusco? Ele é capaz de ajudar. E o que você quer?
— Sei lá, voltar pra casa, ir pra Oruro.

Alexandre também queria dizer que podia ir pra Argentina, mas ficou calado. Foi Michael quem tocou no assunto:

— E ir comigo?
— Não sei. O que você acha?
— Acho que tudo bem, sim.

E ficaram ali sem decidir nada. Até que, no outro dia, o carro preto voltou e estacionou no mesmo lugar. Quem viu foi Alexandre, que estava voltando pra casa. Quando chegou, avisou que tinha sido olhado de cima a baixo, demoradamente, na hora de atravessar a praça.

— Além disso, eu telefonei pra Beatriz e ela disse que também tem um carro estranho na rua dela, parado, faz dois dias.

Então chegou o momento de resolverem o impasse. Que tinham de ir embora já era certo, mas pra onde? O que era aquilo que mantinha os dois juntos? Nem eles sabiam, ou não tinham paciência nem muita sabedoria pra descobrir, porque alguns sentimentos são mesmo traiçoeiros e nunca se abrem totalmente: não é que se satisfaçam com pouco; querem tudo, mas não abrem o jogo. Assim, Alexandre disse que podiam escolher no par-ou-ímpar. Se um ganhasse, iam juntos. Se perdesse, ia cada um pro seu lado.

— Mas como a gente vai fazer isso?
— Simples. Eu quero que a gente fique junto e faz de conta que você quer voltar sozinho pros Estados Unidos. Então, se eu ganhar, a gente vai. Se não, você fica sozinho e eu fico sozinho.

DA VIDA DOS PÁSSAROS

— Ok.

— Vamos lá? Par ou ímpar?

— Par.

— Ímpar. Um, dois, três e já!

Alexandre ganhou. Eles iam viajar juntos. Mas aí surgiu outra dúvida: pra onde iriam.

— Eu prefiro ir pra Oruro, Mike. Não pra sempre, mas por um tempo e depois a gente vê.

— Pra Argentina.

Foi Michael quem comandou dessa vez e escolheu ímpar.

— *One, two, three, now!*

Michael ganhou. Mas, entre avisar o dono do apartamentozinho de que estavam devolvendo a chave e arrumar as mochilas pra irem embora, muita coisa ainda tinha de ser feita. Era preciso rever Lima, cada pedacinho dela. Andar devagar, olhando as esquinas, as varandas, a cidade onde não chove nunca e que, por isso, tem casas com tetos retos que servem de quintal pros cachorros – que, lá de cima, latem e babam pra quem passa na calçada. Era pra ver tudo, como quem tira foto com as retinas. Era também pra andar mais lentamente e sentir o cheiro de *cebolla, pezcado, camote frito, papaya, piña, corazón de vaca, chicha e chicha morada.*

Numa manhã, saíram de casa atrás da amiga Beatriz. Ela ficou parada, olhando pros dois:

— Ahhhh, *no. No se vayan*, fiquem mais.

Ela abraçou um, depois o outro:

— Vou ficar com tanta saudade...

E achou que talvez nunca mais se vissem:

— Mas vocês voltam logo, não é? Olha, tô contando com isso.

Alexandre queria ver mais gente, mas sabia que não ia dar tempo:

— Dá um abraço no Lucho. Cadê ele, por falar nisso?

— Tá namorando o Willy. Uma paixão que vocês dois nem acreditam.

— Que Willy?

— O argentino, aquele que vocês moeram em pedaços. Mas eu acho que é só o Lucho que tá apaixonado.

(123)

— *Why?*

— Porque o Willy me dá umas olhadas de vez em quando...

E os três foram caminhando até a praia de Miraflores, onde a cidade de Lima, duzentos metros acima do mar, acaba na falésia que despenca acinzentada e quase sem vegetação até o Pacífico. Lá de cima, olharam pra frente, pro horizonte, e depois desceram as escadas até a areia, em uma solenidade que só terminou quando Michael rodou o braço no ar e jogou na água o revólver de *don* Marcel.

Procuraram Marissa, mas ela estava viajando, tinha ido ver Kuba em Puente de Paucartambo. E aí, pouco a pouco, Lima foi deixando de ser, deixando de importar. Eles estavam lá ainda, mas já tinham ido embora. Tanto que dizer adeus pra *señora* Rosa foi apenas uma despedida simples durante o café-da-manhã na casa dela. *Don* Marcel ainda dormia, tinha acabado de chegar da rua. Ali, porque era hora de dizer adeus, não tocaram em assunto nenhum, não falaram sequer da arma jogada fora. Mas os olhos da *señora* Rosa estavam um pouco tristes. Não de desespero nem de vontade de chorar. Era só uma pequena saudade que estava começando a brotar no coração dela.

Na hora em que os dois saíram de casa, fecharam a porta pela última vez, desceram as escadas e chegaram à rua, o carro não estava lá. Caminharam um trecho bem longo da avenida Arequipa e só depois resolveram chamar um táxi. Enquanto iam pro aeroporto, Alexandre olhava a cidade, pensando em como seria Buenos Aires. Contudo, no aeroporto, as coisas mudaram de figura. Tinha gente demais, farda demais. O clima era tenso pros dois.

— Tá com medo?

— *You bet.*

Não tinha saída, era pra irem embora mesmo, e foram. Passaram pela alfândega e Michael encarou o oficial, que folheou o passaporte sem dizer nada, sem sorrir. Quando foi sua vez, Alexandre baixou os olhos e pôs as mãos nos bolsos. Do outro lado, já na ala internacional, enquanto esperavam pela hora de embarcar, Alexandre chamou Michael e pediu que ele ouvisse um trecho do livro de Thomas de Quincey, que ele ainda estava lendo: "Se ingerir ópio for um prazer sensual, e posso confessar que cedi a ele de maneira ainda não registrada por nenhum outro homem, não é menos verdade que também lutei contra essa escravidão com zelo religioso e consegui, finalmente, realizar o que nunca soube ter realizado outro homem – desprender-me até o último elo da odiosa corrente que me aprisionava".

Michael ouviu e quis saber em seguida:

— *Do you want to quit?*

— Eu? Largar a cocaína? *Ni* pensar. Mas não é interessante saber que a gente sempre pode se desprender até o último elo da corrente que aprisiona?

Chegaram a Buenos Aires no comecinho do outono e, em pouco tempo, o chão da cidade toda já era um canteiro de folhas secas que deslizavam de um lado ao outro, seguindo o vento. Na rua Azcuénaga, arrepiada por causa do vento, Michael e Alexandre encontraram Guillermo, que morava com a mãe em cima da livraria que era deles. O apartamento era grande e antigo, com portas pesadas, coisa de herança de família, como também era o caso da Livraria Bracamonte.

A recepção que deram a Alexandre e Michael não poderia ter sido melhor. Em pouco tempo de conversa, já sabiam que podiam ficar lá quanto tempo precisassem. Laura, mãe de Guillermo, repetiu algumas vezes que tinha a certeza de que, fazendo assim, os outros fariam o mesmo pelo filho dela quando ele estivesse viajando pelo mundo.

Laura era uma mulher que sabia gargalhar. Tinha 39 anos; Guillermo, 23. Não era muito alta, mas era magra, loira e tinha os olhos muito grandes e pacificamente castanhos. O sobrenome dela e de Guillermo era, na verdade, Guevara, mas preferiam, até por questões de segurança, usar Bracamonte, do pai dele, que também dava nome à livraria especializada em literatura inglesa e norte-americana.

Já nas primeiras noites, eles se acostumaram com a rotina do lugar. Fechavam a livraria, subiam as escadas e preparavam o jantar. Logo que acabavam de comer, chegava o guitarrista, depois o baixista, o rapaz da flauta e a menina que cantava, e todos se juntavam à Laura, que era baterista. Quando paravam os ensaios pra descansar ou tomar chimarrão, era o momento de Guillermo apertar um baseado; quem dava a primeira tragada era, invariavelmente, a mãe dele.

Foram bons dias aqueles. Tinham tempo de vasculhar Buenos Aires inteira, de ponta a ponta, partindo sempre do cemitério da Recoleta, que ficava bem perto da livraria. De resto, passaram a ser os responsáveis pela limpeza da cozinha que, todos os dias, por volta das dez da manhã, virava um depósito de pratos, panelas, talheres e copos sujos.

Até o dia em que Laura perguntou se algum dos dois estava interessado em trabalhar no caixa da livraria pra substituir o outro rapaz, que tinha ido embora pra Córdoba. Alexandre, que nunca tinha trabalhado na vida, aceitou. Ele ficou sabendo que, além de ser responsável pela caixa registradora, o que exigia muita atenção, cuidaria da venda das publicações clandestinas e dos livros proibidos. Quando entrou atrás do balcão pra ver os livros, encontrou dois sobre plantio de maconha em vasos de apartamento, um sobre organização de grupos de minorias sexuais, outro sobre a desobediência civil e mais um falando dos efeitos da mescalina no espírito humano.

Já Michael passava os dias andando pela cidade, e os dois só se viam mesmo de noite, em casa. Além disso, passou a ser presença obrigatória nos ensaios da banda de rock, onde introduziu o charango boliviano. Por causa desse afastamento, os dois passaram a discutir muito, mais em função de Michael que de Alexandre. O americano queria que ficassem juntos o tempo que desse, mas Alexandre gostava de sair, depois do trabalho ou nos finais de semana, pra outros lados com os novos amigos. Ele já falava espanhol quase com perfeição, e isso era importante naqueles dias em Buenos Aires.

Uma noite, brigaram. Michael queria que o brasileiro assistisse ao ensaio, pois tinham preparado uma música mais voltada pro charango, mas Alexandre estava a fim de ir a uma festa em Santelmo com Guillermo. Ele saiu e só voltou de manhã cedo. Quando entrou no quarto, não tinha ninguém lá. Andou pela casa vazia, entrou na cozinha, acendeu o fogo e esquentou água pra fazer café. Estava lavando as xícaras quando sentiu a presença de alguém atrás dele. Mike, com cara de sono e só de cueca, lhe deu bom-dia.

— Você chegou da rua agora?
— Mais ou menos, tem um tempinho já. E você?

DA VIDA DOS PÁSSAROS

— Eu o quê, Xande?

— Tá chegando agora?

— Eu tô só de cueca, como podia estar chegando da rua?

Michael saiu da cozinha e foi pro banheiro. Logo depois, Alexandre foi atrás. Abriu a porta e Michael estava lá, sentado.

— Você dormiu onde?

— Você sabe.

— Com a Laura?

— Já disse, você sabe.

— Foi?

— Foi!

— Ok.

Parou ali em pé, olhando pro Michael, com cara de sono sentado no vaso, e repetiu:

— Ok.

Michael, que parecia mais sonolento que surpreso com a conversa, também olhou pro Alexandre e disse apenas:

— Foi a primeira vez, Xande. Não se esqueça disso.

E era mesmo. Era a primeira vez que Michael ia pra cama com outra pessoa que não Alexandre, desde o dia em que os dois ficaram com a *señora* Rosa.

No domingo seguinte, quando estavam no delta do rio Tigre, Michael quis saber o que estava acontecendo.

— Acho que era pra eu ir pra Oruro mesmo, sabe? Fico pensando nisso.

— Mas você não foi. Então, vai fazer o que, agora? Voltar?

— Não. Voltar, não.

— Então?

— Ah, sei lá. Somos muito diferentes, Mike. É esquisito. Eu tenho meu jeito de ser, você tem o seu.

Michael começou a ficar nervoso. Alexandre tinha muito medo quando ele ficava assim. Quis parar de falar, mas o outro insistiu e, então, ele explicou:

— Quer saber por que eu tô trabalhando? Já pensou nisso? Porque eu não tenho onde cair morto. Quer dizer, era pra eu ter o di-

(127)

nheiro que meu pai ia mandar, mas ele nunca mandou. E eu nunca nem telefonei pra ele pra perguntar. Sou assim, tô solto por aí, vou levando.

— *So what?*

— O que tem? Tem que você é diferente. Não quer trabalhar, não quer fazer nada. Nem precisa. Deu tudo errado? Você pega seu cartão, seus *travelers* e pronto. São coisas diferentes pra caralho, Mike.

— É isso? Então é isso? É só isso?

Alexandre começou a ter medo, chegou até a levantar o braço pra se proteger de algum gesto mais brusco de Michael. Levantou-se e se preparou. Podia até correr, se fosse o caso. Mas Michael apenas puxou a bolsinha que levava pendurada no pescoço, por baixo da camiseta, e tirou dela o cartão de crédito e o bloco de *travelers*.

— Olha só, cara.

Pacientemente, porém com força nos dedos, rasgou cada um dos cheques e amassou o cartão, que era, na verdade, o único que Alexandre tinha visto na vida até aquele dia. Em seguida, Michael jogou tudo nas águas encardidas do rio Tigre.

— E agora, sou igual a você? A gente tá em pé de igualdade, Xande. Eu sou um cara tão livre quanto você.

Dito isso, pulou nas águas sujas do rio, de roupa e tudo. De lá, gritou pro Alexandre pular também. Ele era assim, gostava de mandar, de dizer o que as outras pessoas deviam fazer. Alexandre se jogou com ele no Tigre pra nadar à toa, de um lado pro outro, olhando os salgueiros que nascem nas margens e se derramam, chorões, dentro d'água.

Voltaram pra casa de trem, um sentado ao lado do outro, sem ter o que dizer, com as roupas molhadas. Talvez até fosse coisa de paixão, de amor verdadeiro, mas os dois ficaram apenas sentados, de olho na paisagem do lado de fora da janela. No meio da viagem, em silêncio, Michael deixou a mão tocar muito de leve na de Alexandre e só então disse, meio rindo, meio envergonhado:

— Sabe que música a gente ensaiou, que eu queria que você ouvisse e, em vez disso, você foi pra Santelmo?

— Qual?

DA VIDA DOS PÁSSAROS

— Era assim: *"Poco, poco a poco me has querido, poco a poco me has amado, y después todo ha cambiado..."*

O trem, malemolente, com o som ritmado das rodas sobre as emendas dos trilhos, entrou em Buenos Aires entre o fim da tarde e o começo da noite. O vento frio ajudava a secar as roupas dos dois, que foram a pé da Estação Retiro até a livraria da rua Azcuénaga. O outono tinha pouca importância. Mesmo calados, tanto um quanto o outro caminhavam sorrindo à toa, sem motivo aparente. Era algo como um prazer intenso.

Mas, quando chegaram em casa, havia um telegrama esperando por Michael. Ele abriu: "Papai faleceu. Venha imediatamente".

Sangue

Alexandre ficou na cozinha, sentado à mesa com Laura, Guillermo e o guitarrista da banda de rock. Falava baixinho:

— Não sei, mas morrer assim de repente só pode ser coisa do coração.

Então ele foi pro quarto e Michael estava deitado na cama, chorando sem fazer barulho. Pra não incomodar nem interromper as lágrimas, Alexandre se deitou devagar, arrumando o corpo com cuidado em cima do colchão. Michael continuou com a cabeça no travesseiro, até que se ajeitou de barriga pra cima e falou:

— Sabia que sou um homem rico agora?
— Esquece isso, cara.
— Mas sou. Filho único, *buddy*. Um milionário. *I'm fucking rich*, Xande.
— E o que você vai fazer agora, *my fucking millionaire*?
— Primeiro vou ficar aqui com você a noite inteira, e amanhã vou embora.

Os dois nunca tinham chorado juntos, aquela foi a primeira vez. Esqueceram Buenos Aires, esqueceram o apartamento, esqueceram até Laura e Guillermo e se beijaram, abraçados, ainda de roupa, sobre a cama. Um respirava o ar do outro, um se empurrava contra o corpo do outro, querendo mais que só um abraço. Queriam entrar pelo peito, pelos braços, pelas pernas, queriam grudar. Estavam paralisados por eles mesmos, como se isso fosse impedir Michael de viajar no dia seguinte. As mãos, sem combinar, mas em harmonia absoluta, começaram a desabotoar as camisas, grudando na pele da barriga, da cintura, do peito. Alexandre passou a perna sobre a cintura de Michael e o puxou com força, como se os lábios estivessem colados uns nos outros. Depois, as mãos abriram as braguilhas e tiraram as calças. Michael mudou lentamente de posição, passando os beijos pelo peito, pela barriga e pelo umbigo, até estar totalmente virado, com os dedos dos pés roçando os cabelos de Alexandre. Abriu um pouco a boca. Alexandre também, um pouco só, pra fazer a mesma coisa. Sem pressa, com os giros silenciosos da língua, os movimentos contínuos e delicados dos pés sobre os lençóis, o sopro morno da respiração, os gemidos que pareciam dizer nomes e a raiva das lágrimas, deixaram, sem fazer mais nada, o gozo jorrar – primeiro apressado, depois escorrendo gota a gota na boca.

Michael levantou a cabeça e foi de quatro até o mais perto possível do rosto de Alexandre, beijando-o com lábios quietos. Ficou ali, com a cabeça sustentada pelo pescoço em linha reta, como um animal que cheira outro, com o rosto vermelho pelo gozo e os olhos brilhantes por causa do choro. Ainda na mesma posição, mas acompanhado pelos olhos de Alexandre – que, deitado de bruços, não dizia nada e não queria nada, só ficar pra sempre na cama, pelado, agarrado e contente –, Michael disse, infeliz e assustado:

— Eu vou embora amanhã, mas agora você está no meu sangue e eu estou no seu. No sangue, pra sempre.

O voo de Michael era no fim da manhã, mas pra coisas assim não há uma hora melhor que a outra. Eles falaram muito pouco. Alexandre ficou olhando a mochila se encher, ficar quase gorda e estofada e ser deixada em pé, no quarto, pra que os dois tomassem banho. Depois, a mochila foi pra sala, pra Michael se despedir da casa, de Laura e Guillermo. Em seguida, foi pras costas de Michael e, sem que um falasse com o outro sobre o que aconteceria dali a pouco, ele e Alexandre saíram e andaram perdidos pelas ruas, até que entraram no táxi.

No aeroporto continuaram calados. De vez em quando, um sorria pro outro, mas rapidamente, e o olhar se desviava em seguida. Na hora de ir embora, de um entrar na ala internacional e o outro procurar o que fazer, parado ali, entorpecido, meio tonto e bambo, os dois se seguraram pelos olhos.
— *Well, then...*
— É isso. Vai.
— Ok.
Mas não era da personalidade de Michael ir embora sem se despedir, como se as partidas fossem segredo ou coisas que engasgassem. Perto da fila de passageiros, que andavam lentamente, empurrando valises com os pés, segurando cartões de embarque e ajeitando casacos nos ombros, ele pegou a mão de Alexandre e apertou os dedos com força, contorcendo os músculos da cara pra mostrar que sabia que estava machucando, mas que não ia parar nem diminuir a pressão. Tudo isso tinha quê e porquê, e ele puxou Alexandre, passou os braços em volta dele, fez os dois respirarem juntos, calados, desesperados, perdidos no mundo. Então, não quis pensar em mais nada e o beijou. Segurou o rosto de Alexandre com as duas mãos. Primeiro, olhou muito, passeando os olhos nos olhos dele, e só então beijou mesmo, com sabor, cheiro e vontade de perder o avião só pra beijar mais.

Na fila dos passageiros, uma mulher tropeçou na própria valise. O funcionário da companhia aérea parou de receber os cartões de embarque e não conseguia desviar o olhar, com o coração acelerado. Os dois ainda se beijavam. Michael estava quase na ponta dos pés pra ficar da mesma altura que Alexandre. Então ouviram uma voz grossa, de homem, dizer bem alto:
— Mas o que é isto? Não têm vergonha, não?
Alexandre se soltou do beijo, deu um passo pra frente e também gritou:
— Vai-te à porra, babaca.
— *Easy*, Xande. Esquece.
O homem reagiu:
— Alguém pode, por favor, vir aqui parar com essa pouca-vergonha?

Alexandre balançou os braços no meio do aeroporto:
— Vem, pode vir. Vem me proibir.
Mas Michael puxou-o pelo braço, agarrou o corpo dele outra vez e beijou mais, com ansiedade, quase com alegria. Enquanto beijava, enquanto roçava os lábios pra encontrar o beijo mais carnudo, mais querido e mais emocionado, começou, finalmente, a falar pra Alexandre:
— *Te quiero, te quiero, te quiero.*
A emoção da despedida, das declarações e do beijo escapou deles, rolou pelo aeroporto e bateu no homem, que, com o peito cheio de ira, desagrado, nojo e fúria, não pôde fazer muita coisa e voltou pra fila.

Depois que Michael embarcou, Alexandre voltou pra rua Azcuénaga e pediu pra não trabalhar. Na verdade, não pediu, só disse que ia sair, que estava com vontade de caminhar. No centro, entrou numa sala de cinema na rua Lavalle, onde estava passando aquele filme francês que ele já tinha visto, *Les oiseaux vont mourir au Pérou*. Alexandre assistiu sem prestar atenção. Não conseguiu reparar nas praias longuíssimas e desertas, sopradas por ventos, e ainda no cinema começou a repetir a frase que passaria a dizer várias vezes por minuto, o resto do dia e da noite, até de madrugada, como uma obsessão, um martelo batendo sem cansar no mesmo ponto: "os pássaros vão morrer no Peru, os pássaros vão morrer no Peru, os pássaros vão morrer no Peru".

Voltou pra casa, fumou muito, cheirou muito. Pegou o livro de Thomas de Quincey, mas só conseguia ler "os pássaros vão morrer no Peru, os pássaros vão morrer no Peru, os pássaros vão morrer no Peru". Levantou-se, foi até a cozinha e, na hora de beber água, olhou pra dentro do copo e repetiu: "os pássaros vão morrer no Peru, os pássaros vão morrer no Peru, os pássaros vão morrer no Peru". Sentou-se sozinho na sala, de madrugada, com as luzes apagadas. Acendeu um cigarro, e foi a vez de a fumaça se enrolar e repetir como uma serpentina alucinada: "os pássaros vão morrer no Peru, os pássaros vão morrer no Peru, os pássaros vão morrer no Peru". Quando teve certeza disso, quando era inabalável a ideia de que os pássaros iam morrer no Peru, deixou a cabeça cair pro lado e dormiu ali mesmo, na sala.

Depois de um mês, avisou que ia embora. E, num dia já muito frio de outono, sem se despedir demais, porque podia voltar a qualquer hora, saiu de casa com a mochila nas costas. Quando já ia dobrando a esquina da rua Azcuénaga, Guillermo chegou correndo, pedindo pra ele voltar:

— Minha mãe quer falar com você.

Ele voltou e ela estava em pé na sala, ainda de roupão. Perguntou:

— Você quer ir embora mesmo?

— Quero, sim.

— Já sabe pra onde vai?

— Pro sul.

— Por que você não fica aqui? Espera o Michael ligar. Ou então liga você pra ele.

— Não, agora não.

— Por quê?

Ele deu um suspiro tão grande que Laura compreendeu que aquilo era amor mesmo, amor de verdade, desses que apertam o peito com tanta força que tudo lá dentro, coração, pulmões e veias, fica sem lugar. Mas, em seguida, ele sorriu e respondeu:

— É que os pássaros vão morrer no Peru.

Ela não tentou traduzir o que ele disse. Só perguntou:

— Você precisa de dinheiro?

— Não, de jeito nenhum.

— Tudo bem. Mas, olha, se precisar de alguma coisa, já sabe: eu e Guillermo estamos aqui.

Aí, enfim, ele foi embora. Pegou carona por dois dias seguidos até parar em Gualeguaychu, na fronteira com o Uruguai, onde ficou por uns tempos. Isso porque conheceu o Zanahoria, um militar contrabandista que também vendia *marijuana*. Os dois tiveram algo como um romance rápido, que só deixou de lembrança uma marca indelével na carne de Alexandre.

Zanahoria era um homem mais ou menos baixo que gostava de exibir o peito cabeludo deixando os primeiros botões da camisa sem-

pre abertos. Nos bares todo mundo ouvia a voz dele, e foi assim que eles se conheceram, quando o militar, de olho no mochileiro que ele nunca tinha visto, chegou perto e puxou conversa:
— De passagem por aqui?
— É, de passagem mesmo.
— Algum interesse em Gualeguaychu?
Alexandre não conseguiu prender o riso:
— Nunca tinha ouvido falar deste lugar até que a carona me deixou aqui.
— E tá indo pra onde?
— Acho que pro Uruguai. Por quê? Tem algum lugar melhor pra ir?
Zanahoria aproveitou a pergunta, olhou Alexandre mais demoradamente, deu o sorriso que ele já sabia funcionar nessas situações e respondeu, com a voz mais baixa, mais íntima:
— Bom, depende...
Ele era rápido e objetivo. Por isso, quando saíram do bar, sem perguntar nem nada Zanahoria foi caminhando em direção às partes mais afastadas da cidade e, lá, acendeu um baseado. Tragou fazendo muito barulho, tossindo todas as vezes que relaxava o peito pra deixar sair a fumaça. Depois, sem dizer nada nem querer saber se Alexandre fumava também, ofereceu o cigarro.

Quando chegaram à casa dele, Zanahoria, depois de mostrar onde era o banheiro em que o brasileiro podia tomar banho, onde era a cozinha pra fazer qualquer coisa pra comer e onde era o sofá em que ele podia dormir, simplesmente se aproximou, abriu a braguilha e mostrou o que ele sabia ter de melhor pra oferecer ao mundo. E perguntou, com aquele sorriso que usava sempre:
— Gosta de uma brincadeira?
Alexandre gostava e pegou com a mão cheia, mas sem falar muito. Desse jeito, passaram uma semana juntos, atravessando o rio um na companhia do outro quando Zanahoria tinha de ir até a cidade uruguaia de Fray Bentos pra resolver uns negócios particulares. Naquela época, o Uruguai era um campo minado, com barricadas nos postos policiais e guerrilheiros escondidos atrás das árvores. Tudo ali era perigoso. Mas Alexandre, indiferente, não prestava mais atenção na

América do Sul. Só se interessava mesmo, naqueles dias, em acompanhar o seu novo amigo nas andanças de um lado pro outro da fronteira fluvial, sempre de olho nas coxas firmes e muito roliças, no peito cabeludo e nas mãos grandonas de Zanahoria.

No dia em que quis ir embora, Alexandre disse:

— Vou te deixar um presente de lembrança.

Abriu a mochila e entregou o livro de Thomas de Quincey. Zanahoria, que era homem que nunca lia, segurou nas mãos o presente e tentou ler as páginas em inglês. Como agradecimento, abriu mais uma vez a braguilha:

— *Mi regalito...*

Depois, Alexandre foi tomar banho e, quando voltou pra sala, Zanahoria foi apanhado com a mão dentro da mochila, de onde tirava os dólares.

— Tira a mão daí, cara.

Mas ele pouco se importou com a voz de comando.

— Quer dizer então que o garotinho tem uma pequena fortuna dentro desta mochila toda velha, hein? Quem diria...

— Põe de volta que isso não é seu.

— Calma, *zambito*, calma.

— Devolve esse dinheiro.

— Você achou que isso tudo aqui era de graça? Enganou-se.

E começou a contar os lucros ali mesmo, com o olhar maravilhado. Alexandre quis reagir, mas o militar, que sabia o que fazer em situações como essas, falou alto:

— Pega sua mochila e sai. E agradeça por não ser preso. Quem tá falando é uma autoridade. Vai se mandando.

Os olhos de Alexandre gemiam de raiva e lágrimas, enquanto ele colocava as roupas de volta na mochila. Zanahoria ainda deu um tapa de mão cheia na bunda dele, na porta:

— Divirta-se no Uruguai. Lá tem macho também. Não é macho argentino, mas você, do jeito que tá, não pode ficar exigindo muito, não.

Ele deu alguns passos com a mochila na mão e, de repente, olhou pra trás. Zanahoria estava de costas pra ele, ainda contando o dinheiro e, por isso, não viu quando Alexandre voltou de uma vez só pra agarrá-lo de surpresa. Mas o outro foi mais rápido, mais ágil, tirou a arma da cintura e atirou. A bala, depois de sair do revólver, percorreu os poucos centímetros que separavam os dois homens, rasgou a carne do peito de Alexandre e só parou quando se escondeu perto do coração.

Ele foi encontrado, na tarde do outro dia, ainda desacordado, num campo fora da cidade de Fray Bentos, no Uruguai. Quando abriu os olhos, viu uma mulher velha, um homem mais novo, que tentava levantar seu corpo, e o rabo empinado e bonito de uma égua que pastava perto deles.

No hospital de Fray Bentos, só foi atendido porque a mulher velha, que era parteira, exigiu e disse que pagaria. A bala foi retirada, e Alexandre foi levado pra casa da velha Dora, que morava com o neto e tratou do brasileiro com sopas, caldos de carne e muitos bifes altos e malpassados – segundo ela, bons pra repor o sangue perdido. Ela perguntou a ele, quando o ajudava a caminhar até o banheiro:

— Você sabe quem te deu o tiro, não sabe?
— Sei.
— Mas é melhor não dizer, não é?
— É.
— *Así es la vida, chico.* Manda quem pode, obedece quem tem juízo.

A faixa que envolvia seu peito nem tinha sido tirada ainda quando ele foi embora, num dia em que estava sozinho em casa. Foi sem se despedir de ninguém e, como não tinha mais os dólares, passou a viajar lentamente, por meio de caronas breves. Pedia comida em restaurantes e bares e aprendeu, com desenvoltura, a pedir dinheiro nas ruas das cidades por onde passava. Com o saco de dormir, que ainda era o cobertor costurado de um lado, ele descansava atrás de pontos de ônibus ou em campos com árvores, que eram mais aconchegantes.

Um dia, mais de um mês e meio depois de ter saído de Buenos Aires, totalmente curado, apenas com uma cicatriz perto do mamilo esquerdo, ligou pra Oruro. Quem atendeu falou, com voz de quem esconde a verdade:

DA VIDA DOS PÁSSAROS

— Pilarsita? Mas ela não está...

— Sabe dizer a que horas eu acho ela aí?

— Olha, ela nem mora mais aqui.

— Mora onde?

— Não sei dizer, lamento muito, mas não sei dizer. Ela foi embora. Se aparecer eu digo a ela que você ligou, está bem?

Ele pensou que Pilarsita pudesse ter pedido pra dizerem a quem telefonasse que ela tinha ido embora, a fim de evitar problemas com a polícia. Mas pensou também que talvez ela não quisesse mais saber dele. Então, ligou a cobrar pros Estados Unidos, e quem atendeu foi mesmo Michael:

— Onde você tem andado, *buddy*? Tô te procurando feito maluco pela Argentina toda.

— Nem tô na Argentina, é por isso.

— Ninguém sabia de você, ninguém dizia nada. Que coisa esquisita.

Ficaram um pouco sem dizer nada, cada um com o telefone na mão.

— E aí?

— Quê?

— O que você vai fazer agora?

— Sei lá, cara. Acho que vou voltar por Brasil, daqui pro sul só tem mar mesmo. Então eu tenho que ir pro norte.

— Quer ir bastante pro norte?

— Como assim?

— Vem pra cá.

— Pros Estados Unidos?

— Pros Estados Unidos não. Pra minha cidade, pra minha casa.

— Você não mora com a sua mãe?

— Não. Moro sozinho. Esqueceu que eu sou um *fucking millionaire*?

Fizeram silêncio outra vez. Era outono e Alexandre estava começando a sentir frio.

— Vem, Xande.

— É verdade? É pra ir mesmo?

— É sim. Onde você tá agora?

— Num posto telefônico na rua Maldonado.

— Não, *buddy*. Em que cidade?
— Ah! Montevidéu, no Uruguai.
— Então faz o seguinte. Passa amanhã na Panam que vai ter uma passagem pra você. Primeira classe serve?

Alexandre precisou de uma semana e meia pra ajeitar tudo em Montevidéu. Com o dinheiro que conseguia nas ruas, dava pra ficar numa pensão velha perto do centro, mas precisava ver papelada, visto e acertar as coisas pra viajar pros Estados Unidos.

Enfim, embarcou. Quando entrou no avião, estava tão magro, tão cansado e vestido com roupas tão velhas e sujas que uma comissária de bordo chegou a achar que era algum engano ele estar na primeira classe. No entanto, acabaram ficando amigos de viagem, pois o avião sacolejava muito e Alexandre foi conversar com ela pra ficar menos apavorado.

O mel que veio das abelhas

Quando chegou a Nova York, na véspera do aniversário de Michael, era pra Alexandre ser o presente. Contudo, já saiu do avião com passos muito lentos e caminhou pelos corredores do aeroporto como se o corpo, hipnotizado por uma grande sonolência armazenada dia a dia nas ruas e estradas uruguaias, estivesse agora procurando lugar pra deitar e dormir. Michael, que esperava do outro lado da parede de vidro, viu quando Alexandre tentou andar mais depressa e tropeçou nos próprios pés. Aí, ele parou, deu uma encostada na parede, respirou devagar, mas profundamente, em golfadas, pra levar ar até os pulmões, e disse baixinho:

— Essa foi por pouco.

Achou mesmo que estava melhor e voltou a caminhar. Levantou o braço pra acenar, chegou a dar um pulo no ar e, nesse exato momento, tudo parou de uma só vez, como um fracasso súbito. O corpo ficou indolente, mole, sem comando. Em vez da luz do dia, via o breu. Tentou até falar alguma coisa, procurou alguém pra dizer o que queria, mas, em vez de voz, saiu um som que mais parecia um gemido, choro, sussurro agudo. Levou a mão ao peito, apertou a camisa como quem quer tirar a roupa pra se livrar de inseto que pica, e caiu, num desabamento total.

Michael viu tudo do outro lado, através dos vidros do aeroporto. Viu Alexandre abaixar a cabeça e agarrar a camisa como se estivesse desesperado. Então, antes mesmo do tombo, começou a correr em sentido contrário de quem chega de viagem. Tentaram barrar sua passagem, ele até ouviu alguém gritando atrás dele, pedindo que não fizesse aquilo, mas Michael sempre tivera força suficiente pra enfrentar braços e peitos de quem tentasse se colocar em sua frente. Além disso, enquanto corria, ele achava que, quando chegasse, Alexandre já estaria acordado, dizendo que não tinha sido nada. Só que, ao chegar, o brasileiro ainda estava caído no chão, muito pálido, como quem está prestes a morrer.

Com voz baixa, de acordar quem está dormindo, ele chamou:
— Xande? Xande?

E, a partir daí, correu. Pediu maca, chamou ambulância e gritou, com a cara muito vermelha, que o pegassem com cuidado. Foi assim que Alexandre finalmente entrou em Nova York: num carro branco, alto, quadradão, que apitava pelas ruas da cidade, pedindo passagem. No hospital, foi levado com rapidez pra sala branca, limpa e silenciosa, onde tiraram toda a roupa suja e velha que cobria o seu corpo magro, sem cor, que não sabia mais nem como respirar. Michael olhou pra cueca de Alexandre. Um fio de linha enrolado escapava da bainha e a costura entre as pernas estava desfeita. Ele quis cobrir o corpo deitado na maca alta, mas pediram que saísse.

Estava encostado na parede do corredor, perto da porta, quando vieram avisá-lo que todos os exames – encefalograma, eletrocardiograma, de sangue e de urina – já tinham sido feitos e, agora, restava esperar.

Ele aguardou sozinho na recepção do hospital até que, de longe, no extremo de um corredor de luzes fracas, viu um homem de branco que caminhava em sua direção, com passos curtos e rápidos. Levantou-se, secou um pouco do suor das mãos na calça e manteve o olhar fixo no jeito de andar do médico, que nem sorria nem se mostrava preocupado. Por isso, ele também caminhou em direção ao homem e se encontraram no meio do caminho. O médico abriu o envelope, mostrou o resultado dos exames e perguntou:
— O rapaz argentino...

DA VIDA DOS PÁSSAROS

— Brasileiro...

— ... que chegou aqui hoje é conhecido seu, certo?

— Sim.

— Amigo?

— Não. É da minha família. *I mean*, ele é minha família.

— Muito bem. Quase todos os exames deram resultados negativos.

— Negativo é bom ou é ruim?

— É bom, é bom.

Michael começou a sorrir, mas o médico tinha mais a dizer:

— Ele levou algum tiro?

— Não.

No entanto, Michael lembrou que não podia saber, eles estavam separados há muito dias.

— Por quê?

O médico parecia achar que Michael estava mentindo, pela maneira como olhou e esperou por outra versão. Continuou:

— Uma bala foi retirada daqui. E não tem muito tempo. É marca recente — ele disse, apontando com o dedo um local preciso numa chapa preta com sombras, que eram a parte de dentro do corpo de Alexandre.

— É isso, então?

— Não, esse não é o problema.

— Qual é?

— Hepatite.

Nos dias que teve de ficar no hospital, Alexandre começou a conhecer o país onde tinha chegado. Gostava da agilidade silenciosa que eles tinham pra pegar seu corpo e mudar de cama, a rapidez pra enfiar as pontas dos lençóis debaixo do colchão, a gentileza sincera de todo mundo sua volta. Uma enfermeira entrou no quarto, como se mais que enfermeira fosse também uma atriz cômica que interpretasse uma assistente social. Espalhou o sorriso pela cara e cumprimentou com a voz carregada de pontos de exclamação:

— *Good morning!!!*

Alexandre apenas se mexeu na cama; ainda não queria falar, mas ela foi mais simpática ainda:

(143)

— *I'm so sorry*, mas não falo espanhol.

Alexandre ficou olhando pra enfermeira enquanto ela andava, quase saltitante, em volta dele. Aí, ele disse, ainda meio fraco:

— Falar espanhol pra quê?

Ela parou, séria, olhou pra ficha dele pendurada no pé da cama e explicou:

— Você não é do Brasil?

— Mas o Brasil é um DOM, não sabia?

Ela arregalou os olhos:

— DOM?

— Departamento Ultramarino. Somos parte da França.

— *Really?* Pensei que eram hispânicos.

— Não, franceses.

Por isso, quando Michael voltou da rua, onde tinha ido comprar cuecas e camisetas, encontrou Alexandre deitado com os olhos fechados e uma cara de quem, se não está melhor, está pelo menos muito satisfeito ao lado de outra enfermeira que dizia que *la guérison n'est qu'une question de patience*.

Os primeiros meses de Alexandre nos Estados Unidos, já em casa, foram de reclusão quase completa. Tudo teve de ser adiado: a festa de aniversário, os beijos, os abraços demorados.

Michael prometeu:

— Transar, então, nem pensar.

Só teve um dia em que Michael se aproximou da cama e, inclinando o peito pra baixo, deixou os lábios chegarem muito perto. Alexandre, com os olhos alegres de quem já queria esquecer qualquer doença, falou baixinho:

— É pra ser um beijo?

— *Yes*.

— Então *come closer, acercate*.

Mike sentou-se na cama, abaixou novamente o peito e roçou os lábios nos de Alexandre, com pequenos movimentos de cabeça. As carnes fininhas da boca se tocaram de leve, como borboletas que se esbarram na hora de bater as asas. Depois, pegou a mão de Alexandre e levou até a braguilha, pra mostrar que uma grande saudade

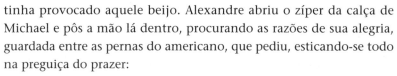

tinha provocado aquele beijo. Alexandre abriu o zíper da calça de Michael e pôs a mão lá dentro, procurando as razões de sua alegria, guardada entre as pernas do americano, que pediu, esticando-se todo na preguiça do prazer:

— Faz mais...

Foi assim, com uma ou outra variação, que eles esperaram terminar a lenta recuperação de Alexandre. Por ficar sem cocaína, ele passou a ter insônia e uma irritação quase permanente, que se transformou em antipatia natural e profunda primeiro pelo país todo, depois pela cidade que ele ainda não conhecia, mas da qual ouvia os barulhos de dia e de noite, e, finalmente, até pela casa onde estava.

Quando ficou bom e já era ele mesmo outra vez, só que mais gordo e com as bochechas avermelhadas, chegou a perguntar pro Michael:

— Onde se compra pó por aqui, você sabe?

— *No.*

— Sabe, sim. Diz.

— *No sé and if I did no te lo diría.*

Assim, pouco a pouco, com alguns ataques de grande irritação, insônia e vômitos, Alexandre se acostumou a não querer mais cocaína, sempre achando que, um dia, voltaria a cheirar. Com Michael, passou a gostar de vinho, uísque, tequila, conhaque, licores, cerveja, rum, vodka, saquê e cachaça brasileira – bebidas que eles tomavam sempre que fumavam haxixe.

Um dia Alexandre disse que estava na hora de ir embora. Michael não demonstrou o susto que tinha levado e só perguntou:

— Pra onde?

Alexandre não respondeu imediatamente. Não pelo gosto de fazer reticências ou de adiar revelações, mas porque não sabia mesmo. Mas disse, dando de ombros:

— Brasil, *back home.*

— Você quer mesmo?

— Quero, claro que quero. Você achou que eu ia ficar aqui pra sempre?

Alexandre ia viajar dentro de poucas semanas, mas Michael chegou com uma novidade:

— E se a gente fosse antes pra outro lugar?
— Pra onde?
— Eu tinha pensado em ir pra América Central, primeiro pro continente e depois pras ilhas todas.

A ideia era essa, mas Alexandre era clandestino nos Estados Unidos, não podia ficar entrando e saindo e, por causa disso, a viagem foi modificada. Passaram dois meses indo do Atlântico ao Pacífico e de norte a sul. De tudo que viu, Alexandre só gostou mesmo de Santa Fé, perto da fronteira mexicana, e de outra cidadezinha, Helena, lá em cima, quase no Canadá. Coisas grandiosas como o Grand Canyon, as Cataratas do Niágara e os enormes copos de Coca-Cola não lhe causaram muita impressão.

Quando voltaram pra casa, Alexandre não falou mais em viajar. É que, na cabeça dele, podia voltar a qualquer hora, do mesmo jeito que tinha decidido a respeito da cocaína.

O tempo passou, as coisas se ajustaram como abóboras em cima de carroça em estrada esburacada e, de tudo, o gosto por viajar nunca mudou. Alexandre acabou seguindo o exemplo de Thomas de Quincey e nunca mais cheirou. Por isso, engordou muito e só voltou ao peso normal quando adquiriu o hábito de caminhar toda manhã.

Quando o brasileiro já tinha o visto de permanência nos Estados Unidos, os dois, em vez de irem pra América Central, viajaram pra Espanha. Foi lá que pegaram o gosto por beber absinto. Numa noite de muita bebedeira, Alexandre escreveu um cartão postal pra Beatriz, em Lima.

Ainda não vi nenhuma tourada e acho que não vou ver nunca. Afinal de contas, Michael continua vegetariano. As praias daqui não são tão boas quanto as daí, mas o absinto é excelente e sei que você ia querer. Escreva contando as novidades. Onde está todo mundo?

Quando recebeu o postal, Beatriz teve de procurar no mapa a tal de La Coruña em que eles estavam. Depois, escreveu de volta uma carta animada, com letras bem bordadas em papel colorido, contando que ia se casar, que Marissa estava vivendo com Kuba na selva, que Lucho andava triste por causa do casamento dela e que Pilarsita tinha sumido. A carta foi enviada pro endereço de Nova York, mas se perdeu no meio do caminho e encalhou num correio na Venezuela, onde recebeu o carimbo: *"Mal encaminada"*.

Quando chegaram os anos 1980, eles ganharam o mundo. Foram pra Londres, Amsterdã, Ascona, voltaram pra Madri e seguiram até Jerusalém. Tinham a mania de sempre viajar de mochila, sempre fumar haxixe e sempre falar em espanhol um com o outro.

Em Israel, tiveram a ideia de passar uma temporada no sul da França. Lá, de carro, estavam completamente perdidos pelas estradas estreitas e tortuosas do Midi quando viram, na porta de madeira velha da cooperativa de vinicultores de Lambesc, uma cidadezinha feia e sem nenhuma importância, um cartaz escrito à mão, pedindo trabalhadores pra vindima. Ficaram com vontade de ver de perto como era a produção do vinho e, por isso, saíram do carro e se apresentaram.

No entanto, trabalhar na colheita de uvas é mais que uma experiência, é um trauma – tanto espiritual quanto físico. Eles não ficaram hospedados em hotel, como estavam acostumados, mas num grande casarão de dois andares, com quartos amplos, difíceis de serem aquecidos, onde dormia mais uma pessoa contratada pro trabalho, um espanhol de nome Javier que era um *pot-pourri* de qualidades masculinas: não era alto, mas tinha o corpo firme, forte, com músculos que mal se continham debaixo da pele muito clara. Os olhos castanhos eram tão doces e infantis que era difícil acreditar que já fosse um homem de 29 anos. Tinha também um vozeirão de locutor de rádio. As calças e camisetas que usava pra colher uvas eram tão justas e apertadas quanto a pele sobre os músculos.

O furgão buzinava na porta da casa de dois andares às sete da manhã. Depois, Michael, Alexandre e Javier eram levados até as plantações. As parreiras baixinhas se enfileiravam por centenas de metros em terreno lamacento. Ali, o vento do sul da França corria com uma pressa gelada até bater no rosto, nas orelhas, nos cabelos e nos dedos que tentavam controlar a tesoura usada pra cortar os cachos de uva, depois colocados dentro de baldes que tinham de ser esvaziados na carroceria do caminhão.

Num dos dias, às seis da tarde, ao voltarem pro furgão com os sapatos pesados por causa da lama e as costas doloridas pelo esforço de ficar quase dez horas acocorados diante das parreiras, Javier avisou:

— Tão vendo aquelas madeiras? Aquilo vai esquentar o casarão hoje à noite.

Alexandre e Michael estavam entrando na carroceria do carro quando ouviram os gritos de Javier:

— *Des abeilles! Des abeilles!*

Michael olhou de um lado pro outro, dentro do furgão:

— Dizabel? Que porra é essa?

Javier se debatia e socava o próprio peito, tentando tirar o casaco e o pulôver.

— *¡Abejas! ¡Abejas!*

Michael viu, então, o enxame alvoroçado que lutava pra proteger a colmeia debaixo das madeiras. E gritou:

— *Bees!*

Alexandre correu pro fundo da carroceria do furgão:

— Abelhas, cara, abelhas!

Michael não conseguia se mexer:

— *What the fuck...*

Alexandre só se lembrava que, com abelhas, a única coisa que se deve fazer é ficar parado, sem respirar. Era como nem estar ali:

— Puta que pariu...

Javier e as abelhas corriam, em pânico, na mesma direção:

— *¡La puta madre de Dios!*

O espanhol e as abelhas, feras assassinas, pularam dentro do carro. Enquanto Alexandre não movia nem os olhos e Michael se protegia debaixo dum cobertor, Javier foi picado no rosto, no alto da cabeça, nas mãos, no peito, na nuca e na barriga. Vinte minutos depois, o furgão parou na porta de casa, e ele estava inchado, sem conseguir abrir os olhos e com febre. A única coisa que conseguia dizer era um lamento prolongado e sofrido, em espanhol.

Alexandre foi quem mais ajudou. Na farmácia que ficava no fim da rua, quase na praça de Lambesc, ele comprou tudo que encontrou pra picadas de insetos e voltou pra casa com pomadas, pílulas e líquidos.

— Vinte e três picadas, cara. Acredita nisso?

Michael passou a seguir, mas só com os olhos, as andanças de Alexandre pelo casarão, da cozinha pro quarto de Javier. Tinha aprendido, nos últimos anos, a conhecer o homem com quem vivia. Alexandre nunca ia conseguir ser fiel ou deixar de se interessar por todos os homens, e quase todas as mulheres, que chegassem perto demais, mas Michael também aprendera que, antes de o dia nascer, era pra cama deles que Alexandre voltava, com as roupas penduradas no braço e os sapatos na mão.

Mesmo assim, Michael não pensou em momento algum que Javier, recuperando-se das picadas das abelhas, pudesse causar tanta impressão em Alexandre, que se esquecia de quase tudo que tinha de fazer pra dar atenção ao espanhol. Por mais às claras que tudo estivesse acontecendo no casarão, por mais que as escadas pro segundo andar rangessem cada vez que Alexandre subia pro quarto de Javier ou descia pra voltar pro Michael, ninguém nunca disse nada sobre o assunto.

Depois de três semanas, já estava na hora de o espanhol voltar pra casa. Perguntou ao Alexandre:

— Nunca pensou em ir a San Sebastián?

— Fazer o quê?

— Conhecer, ficar lá uns tempos, viajar pela Espanha. Ficar comigo.

Alexandre pensou bem: achou que já era hora mesmo de deixar Nova York de vez, ou pelo menos por uns tempos, e ir pra Espanha era uma boa ideia. O estranho foi que, depois de ter feito o convite, Javier começou a mudar de comportamento, a ficar mais afastado, a não querer muito que Alexandre subisse pro quarto dele, e acabou indo embora sem tocar de novo no assunto. Apenas se despediu, numa noite em que Alexandre e Michael estavam sentados na cozinha, ao lado do fogo, tomando o vinho que ganhavam todos os dias da cooperativa. Chegou sem se movimentar muito e disse que ia embora no dia seguinte. Estendeu a mão pro Michael, deu um abraço apertado em Alexandre, disse que ia deixar o endereço num pedaço de papel e se trancou no quarto pra só sair de manhã bem cedo, na hora de ir embora.

Alexandre ficou tentando entender o que tinha acontecido, mas nunca soube que, logo depois da conversa de ir pra Espanha, foi a vez de Michael conversar com Javier. Alexandre estava tomando banho, por isso não viu nem ouviu nada. Michael sentou-se, olhou o espanhol nos olhos, estalou os dedos da mão um a um e disse:

— Reparou que Alexandre tem uma cicatriz miudinha no peito, bem perto do mamilo?

Javier ficou sem graça com a pergunta, parecia íntima demais, mas respondeu:

— *Sí, se nota.*

— Sabe o que foi aquilo?

Ele olhou mais demoradamente pro Michael, sem saber o que dizer. Nunca tinha pensado nisso.

— *No sé... De verdad que no sé.*

— Um tiro.

Ele abriu os olhos. Sentiu que a conversa se tornava mais que íntima, traiçoeira. Michael abriu a boca bem devagar na hora de perguntar:

— E sabe quem atirou?

O espanhol ficou muito preocupado.

— Não...

— Eu.

O silêncio que desabou na sala só era cortado pela voz de Alexandre, que cantava dentro do banheiro.

— Então, se eu fosse você, pensaria duas vezes.

Javier deixou de falar. Sabia que podia não acreditar em nada daquilo e até mesmo perguntar pro Alexandre se era verdade ou mentira, mas os olhos de Michael, que sempre tinha gostado de mandar, decidir e dizer o que era pra ser feito, estavam frios, parados, tensos. Pra completar, ele disse a frase que mais gostava de dizer naquelas situações:

— *Never bullshit a bullshitter.*

Entre Londres, Amsterdã, Madri, Ascona, Jerusalém e a feia Lambesc, eles ficaram fora de casa por mais de quatro meses e, quando voltaram, tinha uma carta da Laura Bracamonte, de Buenos Aires, pro Michael. A carta tinha passado primeiro por um endereço, sendo devolvida pro correio, depois por outro que também não servia mais e, só então, tinha chegado ao lugar certo.

Como era dia de chegada, a carta não foi aberta logo e, quando Alexandre esvaziou a mochila, na sala mesmo, e levou-a pra guardar na parte de cima do guarda-roupa, apanhou sem querer a carta, que ficou lá, esquecida.

Uns dias depois da viagem, estavam os dois sentados no chão pra descansar da caminhada que tinham feito juntos. Michael chegou mais perto, abraçou Alexandre por trás, numa mistura de abraço e apertão pra nunca mais largar, e perguntou:

— Você ainda pensa em voltar pro Brasil?

Alexandre não falou nada. Preferia sentir os braços de Michael em volta do corpo. Preferia também deixar a respiração dele se espalhar pela nuca, querendo entrar pela gola da camisa.

— Sabe por que tô te perguntando?
— Por quê?
— Porque você pode ir, *I don't care*. Você pode ir pra qualquer lugar, pro alto dos Andes, pra lua, pro lugar mais longe do Brasil, não tem importância, eu não ligo. Eu vou atrás.

Alexandre, de novo, não respondeu. Não porque não acreditasse nem porque tivesse entrado por um ouvido e saído por outro. Era porque sabia, aliás sabia desde sempre, que se isso acontecesse com Michael, se este partisse, ele próprio também iria atrás.

Eles iam viajar, dessa vez novamente pra Santa Fé, perto do México, quando Alexandre foi pegar a mochila e a carta de Laura Bracamonte, que tinha ficado escondida por quase oito meses, caiu no chão. Ele procurou Michael e entregou pra ele:

— É sua. Olha só isso, ainda tá fechada.

O americano, que nem se lembrava mais da tal carta, rasgou o envelope. Lá dentro, havia apenas a foto grande de um menino novo, de uns 8 anos. Atrás, estava escrito: "Este é seu filho, Miguel, nascido em 10 de dezembro de 1973".

Michael mostrou a fotografia pra Alexandre, que, depois de olhar o menino, perguntou:

— Você vai lá?
— Ela devia ter me avisado antes.

Alexandre era capaz de compreender essas coisas. Ele mesmo tinha um sobrinho, com o seu nome, que nunca tinha visto.

— Mas você devia ir.
— Agora, não. Qualquer dia a gente vai.

Mas nunca foram, porque o tempo passou e Miguel virou apenas uma referência curiosa, um motivo pra conversa com alguns amigos.

— Tenho um filho argentino: Miguel!

Alexandre, nos dois anos seguintes, foi dono de uma revendedora de carros suecos, trabalhou como web designer por mais três anos e também comprou, com dois amigos, um restaurante de comida brasileira que nunca deu certo e durou apenas seis meses.

Como nunca mais voltou ao Brasil, nem mesmo nas férias, foi esquecendo a língua. Não que tivesse sotaque, mas perdeu a intimidade com as palavras, demorava pra dizer certas coisas. Uma vez, conversando com outro brasileiro, não conseguiu lembrar da palavra "cadarço" e, quando ouviu falarem "ombro", pensou que era "hombro", alguma gíria nova pra homem, uma coisa meio espanholada. Algum tempo depois, mudaram-se pra Toscana, na Itália, só pelo prazer de beber muito vinho. Mas se cansaram logo e voltaram pra casa.

Nessa volta, vários meses depois, Alexandre quis escrever sobre tudo que tinha acontecido quando moravam em Lima. Michael gostou da ideia:

— *Dale, escríbelo.*

Mas o conto, ou romance, que se chamaria *A mochila sul-americana*, não fazia sentido. Tinha alguma coisa errada ali. Era o título, bambo, flácido, inconsistente. A palavra sul-americana não provocava emoção, parecia feia, distante e indiferente. Ele conversou sobre isso com Michael:

— Saí de casa um dia pra conhecer a América do Sul e vim parar na América do Norte.
— Na América do Norte, não. Na minha casa. Comigo.
— Queria a América do Sul.

Michael se emocionou, com os olhos presos em Alexandre:
— E se arrependeu?
— Não. Nãããão. A América do Sul, quer saber?, não existe.
Aí ele ficou mais sério, mais compenetrado, e disse:
— É um sonho. A América do Sul surge de vez em quando com Simón Bolívar, com Guevara. Depois, eles morrem e não deixam herdeiros pro sonho. Não é que a gente se esqueça, não é que cada um de nós seja louco, idiota ou insensível. É que ninguém se comove com o sonho da existência do que não é pra existir nunca.

Ele se levantou, de repente. Chegou perto do telefone e avisou:
— Quer ver?

Lembrou do 2, do 7 e do 3 que iniciavam o número do telefone do irmão, em Brasília, e completou com outros algarismos, escolhidos ao acaso, como se o dedo decidisse. Esperou o ruído vindo de longe, lá do sul, lá onde a América deixava de existir completamente.

Uma voz respondeu:
— Alô?
Alexandre, com falta de jeito pra falar português, disse:
— Pode me dar uma informação?
— Pois não...
— Sabe quem foi Simón Bolívar?
O silêncio se estendeu por muitos segundos.
— Quem foi quem?
— Simón Bolívar.
— Bolívia?
— *Thank you.*

Michael olhava, seguia os dedos de Alexandre, que ligou pra outro número, também ao acaso.

— É uma pesquisa. Pode me dizer quem foi Ernesto Che Guevara?
— Um guerrilheiro cubano.
— *Gracias.*

Por isso, Alexandre voltou ao seu livro e começou assim: "A América do Sul não significa nada, não representa nada, não existe pra nada. Eu, que procurava essa terra, encontrei um amor".

Mas nunca passou do primeiro parágrafo.

Lima e os ossos

Alexandre abriu os olhos, esfregando o rosto com as mãos, quando o avião balançou, empinou e começou a descer na direção do aeroporto de Lima. Era muito tempo, trinta anos, e ele, mesmo calado, sentia a emoção em forma de alegria contagiante. Foi o primeiro a se levantar, apanhar a mochila e querer sair. As coisas só passaram a ter um ritmo mais lento depois que chegaram ao hotel, tomaram banho e descansaram.

Alexandre tinha vontade de caminhar um pouco sozinho, mas saíram juntos pros lados de Miraflores, que ele nunca tinha esquecido nesses anos todos. Depois, não sabia por onde começar o retorno. Talvez fosse melhor primeiro só cheirar a cidade, só andar pelas ruas, como se Lima e ele fossem estranhos um pro outro. E eram, porque já havia passado tempo e vida demais.

No dia seguinte, decidiram ir até a praça Santos Dumont. Alexandre pediu pra se sentarem. A rua ainda tinha flores nas duas calçadas e ainda terminava num muro. O jardim-de-infância não existia mais. No seu lugar, e no lugar do apartamentozinho dos fundos, havia uma casa grande, de janelas imensas.

Então, os dois caminharam bem devagar até chegarem num beco entre duas casas, com um pátio nos fundos. Lá, Alexandre bateu na porta de vidro e ferro trabalhado. Demoraram pra atender. Do lado de fora, eles ouviam passos vagarosos, que se arrastavam pelo corredor. Apareceu uma mulher.

— Aqui é a casa de *don* Marcel?

A mulher olhou pros dois com demora, com lentidão, como se não tivesse o hábito de abrir a porta e receber pessoas.

— Sim...

— E a *señora* Rosa está?

— Sim, está. Quem deseja falar com ela?

E quem desejava falar com ela? Nem ele sabia. A pergunta não fazia sentido ou fazia sentido demais. Mas ele só respondeu:

— Diga a ela que é um amigo, um amigo que ela não vê há muito, muito tempo.

Ele se preparou pra esperar por ela. Deu um sorriso, depois experimentou outro, passou a mão pelos cabelos, ajeitou a camisa. Queria ainda ser o homem de quem ela ia gostar pra sempre. Eles dois estavam no mesmo lugar, no pátio, quando ela desceu as escadas: os cabelos brancos, todo brancos, os olhos amendoados, castanhos, e um jeito de andar, uma maneira de mexer os quadris, um modo de pousar a mão no corrimão da escada que faziam dela uma mulher linda. A *señora* Rosa não reconheceu ninguém, e Alexandre sorriu quando ela parou ao lado da porta e não disse nada, imaginando quem poderia ser. Aí sim, de repente, ela se lembrou. Começou a desenhar um sorriso muito pequeno, a mudar o olhar, a abrir um pouco os braços, indecisa. Olhava pros dois, parecia que reconhecia e desconhecia ao mesmo tempo.

— *Ah, Dios mío...*

E então abraçou Alexandre. Abraçou e parou no meio do abraço pra olhar o rosto, alisar os cabelos dele, sorrir e voltar a apertar nos braços.

— É *Alejandro* mesmo? Ou estou sonhando? É você?

Seguraram-se pelas mãos, parados, no pátio. Admiraram-se com os olhos e sorriram em vez de falar.

— Você continua magro! Não engordou nada. O que fez pra não deixar crescer a barriga? E que cara de garoto você ainda tem...

DA VIDA DOS PÁSSAROS

Ele puxou a *señora* Rosa de volta pros braços e ficou sentindo o corpo dela. Era o mesmo cheiro, o mesmo abraço, a mesma mulher, trinta anos mais velha. Ele disse baixinho, só pra ela:

— Você continua linda.

Ela aceitou o que ele disse, não se arrependia de ter envelhecido. Ela sabia que era linda. Mas então olhou pro lado, sorriu novamente e perguntou:

— E este, quem é?

Alexandre suspirou fundo. Esperou pra ver se ela reconhecia, se via nele traços que lembrassem alguma coisa, ou alguém, ou algum dia. Contudo, ela apenas passava os olhos e esperava a resposta.

— Este é o Miguel, filho do Mike.

Foi novamente como um instantâneo, uma luz vinda de dentro, um arrepio. Ao dizer o nome de Miguel, ao levar um ao passado do outro, ele de repente fechou os olhos por um segundo, num movimento rápido, pra ficar sozinho no pátio e se lembrar de Michael.

— *¡Ay, qué guapo!* Tão, tão bonito.

Ela ficou um pouco parada ali, olhando cada traço do rosto do rapaz: a cor da pele, dos olhos, o desenho da boca, o risco do nariz. Tudo era familiar, tudo era estranho. Depois, convidou:

— Entrem, entrem...

A sala era a mesma, os livros empilhados nas prateleiras que tomavam todas as paredes da sala ainda pareciam ser os mesmos. O tabuleiro de xadrez estava lá, na mesinha de centro. Ele sentou-se lentamente no sofá, que agora já era outro.

— Mas, então, me diz: e seu pai, Miguel? Não veio?

Miguel olhou pro Alexandre, que abaixou os olhos sem olhar pra ninguém. Ela encarou os dois, num silêncio rápido, até levar a mão à boca:

— Ah, não...

Ajeitou-se na poltrona:

— Quando?

— Meu pai morreu no ano passado, *señora* Rosa.

— No ano passado? Mas o que houve?

Alexandre não gostava dessas situações. Nunca tinha gostado. Ele era feliz demais pra ser triste. Pôs a mão no ombro dela, numa carícia, e disse, como se fosse pra não falar muito:

— O pai do Michael tinha morrido do coração e, um dia, ele quis fazer igual.

— Mas ele sofreu, *Alejandro*?

— Não, isso não. Somente não acordou mais.

Ficaram em silêncio novamente. Ela olhava o filho de Michael e depois desviava o olhar pra Alexandre.

— Mas você também mora em Nova York?

— Agora não... Moro no sul. Quer dizer, sul dos Estados Unidos, pertinho do México. É o máximo que pude fazer pra ficar na América Latina.

E, pra que ninguém ficasse triste, deu uma pequena gargalhada.

— Sabia que crio lhamas no meu quintal?

— *¡No te creo!*

— Verdade. Duas. Uma se chama *Señora* Rosa.

Foi uma gargalhada boa, sincera, que se espalhou pela sala.

— *Ah, que bien, Alejandro*. E a outra?

— *Don* Marcel, naturalmente.

Ele não queria perguntar do marido dela. Tinha medo da resposta. Por isso, esperou que ela perguntasse ao Miguel:

— Você também mora nessa casa com a *Señora* Rosa e o *Don* Marcel?

— Sim. E também em Buenos Aires.

— *Lindísima. Me encanta Buenos Aires. ¿Y vives allí con tu mamá?*

— *Sí, señora. Con mi mamá y mi hermano mayor.* Mas faz um ano que tô nos Estados Unidos.

— E o que faz a sua mãe?

— Tem uma livraria.

Então, Alexandre achou que já podia perguntar, mas antes desviou um pouco o assunto:

— E a sua filha?

— Ah, em Cuba. Mora lá há muitos anos já. Por mim, perfeito. Foram feitos um pro outro.

(158)

DA VIDA DOS PÁSSAROS

Deu uma gargalhada generosa, cheia de vida. Alexandre finalmente perguntou de *don* Marcel, e se preparava pra ouvir a resposta quando ela disse, ainda rindo:

— Dormindo. Por isso nem chamei. Coitado, ele está doente, fraquinho, precisa descansar. Mas vamos lá em cima, vamos.

Os três subiram, e ela abriu a porta do quarto no fim do corredor, o quarto onde ele nunca tinha entrado antes. Em cima de uma cama larga, coberta por lençóis e travesseiros, estava o corpo de um homem muito magro, muito velho. Dormia como quem está morto, com a boca entreaberta, a pele ressecada e pálida. A *señora* Rosa se aproximou da cama, arrumou os lençóis, passou, com uma ternura muito antiga, as mãos na cabeça do marido e disse bem baixinho:

— Noventa e sete anos. Acreditam?

Voltaram pra sala na ponta dos pés. Ela perguntou se queriam café, *agua de manzana, jugo, té*.

— É que a gente precisa ir.

— De Lima?

— Não, não. Chegamos ontem. Temos que ir, porque ainda quero mostrar muitas coisas ao Miguel.

Era verdade, ele mostrara muitas coisas ao Miguel e ainda queria mostrar todas as outras. Ele que tinha tido a ideia de telefonar pro filho de Michael avisando que o pai, que ele não conhecia, estava morto.

A *señora* Rosa puxou Alexandre com força contra o próprio peito. Com a voz sorridente, cheia de meiguice, disse pra se despedir:

— Minha casa é feito o meu país. Velha, meio acabada, precisando de reformas urgentes. Mas está sempre aberta pra você.

Ele se afastou pra ir embora, mas, quando estava no corredor, ouviu a voz dela, alta, firme, pra não deixar dúvida:

— Eu não te disse, *Alejandro*? Não te disse que ia gostar de você pra sempre?

E deu adeuzinho com a mão.

O começo e o fim

Duas semanas depois da morte de Michael, Alexandre estava no aeroporto, esperando por Miguel, que chegou sem saber de nada. Desconhecia totalmente a vida do pai até receber a carta, em Buenos Aires, escrita por uma pessoa de quem nunca tinha ouvido falar. Os dois se olharam, enquanto apenas estendiam as mãos. Miguel viu um homem de 49 anos, magro, de cabelos grisalhos, olhos quase pretos, quase da cor de azeitona em salmoura, vestindo jeans, botas e camiseta. Alexandre, que olhou mais demoradamente, viu na sua frente um homem de quase 30 anos, alto, muito alto, muito branco, de cabelos claros cacheados e olhos castanhos, vestido quase do mesmo jeito. Só não tinha botas, mas tênis. A mochila, grande, era azul-marinho.

Quando entraram no apartamento em Nova York, Miguel assoviou olhando pra sala imensa. Alexandre comentou:

— É, Michael sabia viver bem.

— Estou vendo que sim.

Os primeiros dias do encontro, que deveria ter sido com Michael muitos anos antes, foram de silêncio e espera. Miguel gostava de acordar tarde; Alexandre acordava cedo, cedinho, pra caminhar. Só depois, quando voltava e tomava banho, os dois se viam pela primeira vez, com um bom-dia rápido, em voz baixa, como se não fosse pra ser dito. Miguel queria distância pra observar melhor o homem que morava na casa do pai morto.

Além disso, quando recebera a carta com a notícia de que era órfão, ele mesmo não se importou muito. Sentiu, isso sim, a estranheza de perder o pai sem nunca ter visto o rosto dele, mas pouco mais do que isso. Foi Laura quem tratou de convencer o filho a ir.

— Vai, sim. É importante. Vai pelo menos pra ver de perto como seu pai viveu.

O irmão Guillermo também achava que ele devia ir, mas por outros motivos:

— Esse cara era um homem riquíssimo, herdeiro de uma *oil company*. Você tem direitos aí.

Laura não gostou do que ouviu:

— Mas, por favor, não é isso que importa. Ele tem que ir pelo pai dele.

— Como não importa, mamãe? Michael viveu aqui, teve um filho e nunca, nunca, em 29 anos, escreveu uma linha, deu um telefonema, nem no Natal, nem no Ano-Novo, nunca. Jamais viu o rosto do Miguel. Nada de sentimentalismo. Vai por causa do dinheiro, irmão. Você tem direitos.

Ele precisou de uma semana pra decidir e, quando foi, não sabia se ia pra conhecer a vida do pai ou pra buscar a fortuna que diziam que ele tinha herdado. Ao chegar ao aeroporto em Nova York e ver Alexandre, que estava lá esperando por ele, sentiu até mesmo uma fisgada no coração.

Dias mais tarde, os dois estavam sentados na sala, depois do jantar, ouvindo música, e Alexandre, após muito olhar e imaginar como poderia começar a conversar com Miguel, perguntou como se tivesse lembrado de repente:

— Você fuma haxixe?

Miguel não mexeu o rosto, não olhou pros lados, não fez nada.

— Fuma?

Aí, sim, ele respondeu, mas com outra pergunta:

— Você fuma?

— Fumo. Algum problema?

— Não...

(162)

DA VIDA DOS PÁSSAROS

Alexandre então abriu uma caixa de prata, comprada em Bagdá, e tirou de dentro um pedaço de haxixe que esfarelou com os dedos sobre a palma aberta da outra mão. Apanhou um papel fino e espalhou o pó recém-triturado. Passou a ponta da língua no cigarro já enrolado, deu um trago demorado, calmo, e perguntou outra vez:

— Você fuma?

Miguel, quase em silêncio, com a voz muito baixa, respondeu:

— Sou filho da minha mãe...

— E do seu pai.

Aí, ele fumou também, mas antes teve o cuidado de passar a ponta da língua muito vermelha no cigarro, pra colar mais a emenda. Fumaram os dois, um passando o baseado pro outro, ainda ouvindo a música que entrava baixinho nos ouvidos, como música de elevador. A cerimônia do haxixe, a celebração a dois, teve o efeito de relaxar a casa, de acalmar os ânimos. Nos dias seguintes, eles já se falavam mais, se olhavam sem timidez nem constrangimento. Até que finalmente Miguel entrou na cozinha e perguntou:

— Você trabalhava pro meu pai?

Alexandre parou de fazer o que estava fazendo. De costas viradas pro Miguel, pôde esconder a surpresa e o espanto no olhar. O filho de Michael não sabia de nada. Disse:

— Não, eu não era empregado do seu pai.

Os dois ficaram quietos, mas se Alexandre tivesse olhado, se ele não estivesse de costas, teria visto o pequeno, o delicado mas inevitável brilho no olhar de Miguel.

— Meu pai foi amante da minha mãe? Foi namorado? Foi só uma noite?

Alexandre finalmente se virou pra ele. Mostrava, com os olhos, com a boca, com o sorriso, que não acreditava. Miguel explicou:

— Não sei de nada, é sério.

— Mas você é um arquiteto de quase 30 anos. Sua mãe nunca te contou?

Sem saber de nada, desconhecedor da própria história, ele sentiu necessidade de aprender sobre a vida que antecedera seu nascimento:

— Você também foi pra cama com a minha mãe?

(163)

Alexandre quase deu um salto pra trás. Michael, no banheiro do apartamento da rua Azcuénaga, tinha dito, trinta anos antes, que era a primeira vez que ia pra cama com outra pessoa desde Lima, quando ele e Alexandre tinham visto a *señora* Rosa nua, deitada no saco de dormir. Mas quantas vezes eram necessárias pra que Alexandre sentisse, na boca, na saliva, no sangue que corre do coração até a cabeça, na contração dos dedos das mãos, a presença e o jeito sombrio do ciúme? Depois disso, o brasileiro ficou ensimesmado, não queria falar nunca mais; porém, no final do dia, quando fechava a livraria, olhou pra Laura e pediu:

— ¿Puedo besarte?

O pedido do beijo, como uma solenidade montada às pressas pra homenagear quem partiu subitamente, pegou Laura de surpresa. Ela começava a mostrar um leve sorriso, desses que vêm antes de uma pergunta, quando ele se aproximou e beijou.

— Por que, *Alejandro*?
— Queria sentir o gosto.
— O gosto do meu beijo?
— Não. O gosto do beijo do Michael na sua boca.

E foi ali mesmo, em pé, atrás do balcão da livraria fechada, que ele pôs a mão por baixo do vestido dela. Alisou com força, como pra apertar e fazer sentir dor. Ela fechou as coxas, tentou se soltar dos braços dele, mas Alexandre segurou forte, empurrou Laura contra a parede. A mão direita dele, como uma concha de ferro sobre os lábios e o nariz dela, fazia que ela alargasse os pulmões pra respirar. A outra mão dele levantou o vestido e só parou quando encontrou o que procurava. Então também mordeu o pescoço dela, a orelha, o ombro, a parte mais alta do seio. Cada mordida era mais forte pra castigar pela traição. Laura gemeu com raiva e se livrou dele pra ir embora. No entanto, ele agarrou seu braço e a puxou de volta, como uma ordem que ela não pudesse desobedecer. Ela se assustou:

— Não!

Ele não ouviu, empurrou o corpo dela contra a parede e, pouco a pouco, foi se transformando em Michael, adivinhando o caminho que ele havia percorrido dentro e fora dela. Imaginou que fazia

DA VIDA DOS PÁSSAROS

igual, com base no que sabia ser o jeito de Michael entrar no corpo de quem desejava. Laura, com a boca e o nariz cobertos pela concha de ferro, ainda sem poder falar nem respirar todo o ar que queria, procurava os olhos de Alexandre, que só voltou a ser ele mesmo quando terminou, ainda de pé, empurrando o corpo dela contra a parede. Depois, subiram as escadas até o apartamento sem falar, sem um contar pro outro o que tinha acontecido.

Alexandre não queria mais recordar, não queria mais lembrar de nada. Era por isso que tinha chamado Miguel, pra passar a ele o que tinha, como quem entrega o bastão e abandona a pista de corrida. Também era por isso que, um ano depois, tinha decidido ver Lima de novo. Queria um grande funeral de tudo.

Então, era Lima de novo. No quarto do hotel, Alexandre entrou na internet. Escreveu o nome Pilar Swayne e encontrou a foto de uma mulher morena, de rosto redondo como uma lua cheia. Na página que abriu, além da foto havia o anúncio: "Consultas com a taróloga e psicóloga Pilar Swayne. Tarô de Marselha, tarô egípcio, tarô cigano, quiromancia, leitura de chá de coca".

— Miguel, vamos saber nosso futuro?

Eles chegaram a uma casa nova, limpa, muito branca, no bairro de Jesús Maria. Alexandre entrou na sala da taróloga, uma mulher gorda e de rosto inca, vestida com uma saia rodada larga que desenhava as ancas fartas. A blusa e o manto colorido jogado nos ombros tapavam os seios agora grandes. Olhou pra ela demoradamente, mas ela o olhou pouco enquanto embaralhava as cartas.

— Tarô egípcio, cigano, de Marselha?

— De Marselha.

— Embaralhe, corte e separe doze cartas. Quer saber algo específico ou o geral?

— Geral.

— Humm, coisas interessantes. Por favor, tire mais uma carta. *Ah, muy bien.* Estrangeiro, de passagem por Lima. *¿Muchos recuerdos, verdad?* Voltar pra enterrar os mortos. E procurar uma pessoa, uma mulher. Quanto tempo faz que o senhor não vê essa mulher?

(165)

Aí ela levantou os olhos e olhou pra ele. Contudo, nada acontecia, ela não o reconhecia nem se deixava levar pela surpresa.

— Trinta anos.

— Muito, muito tempo. Não creio que seja possível. Eu sou muito franca, doa a quem doer, mas ou ela está morta ou nem vive mais por aqui. Tem algum contato, endereço, telefone?

— Tenho.

— E não acha mesmo assim?

— Parece que não. Só tentei uma vez.

— Pra que tentar, senhor? Esqueça. Mas sinto uma presença muito forte ao seu lado. Um homem alto, branco, bonito. Já morreu?

— Já.

— E como é forte essa ligação! Amor verdadeiro. São os amores verdadeiros que devem ser preservados. O resto, senhor, o resto são contos de fadas.

Dos Estados Unidos, Miguel mandou um e-mail pra mãe em Buenos Aires, dizendo que, se de todas as maneiras que tinha de conhecer seu pai a única possível era aquela, ficaria então mais tempo em Nova York, até não precisar mais. Ele já estava formado, não tinha emprego na Argentina e nunca tinha saído do país.

Mas teve um dia em que, de repente, Alexandre teve um estalo:

— Quero me mudar, sair de Nova York pra sempre.

Escolheu o sul, Santa Fé, a cidade mais antiga dos Estados Unidos. Miguel achou a ideia estranha, mas ajudou na mudança. Estavam encaixotando os livros, as roupas e as louças quando ele entrou no quarto onde estava Alexandre e perguntou:

— De quem é?

Trazia na mão um charango antigo, guardado dentro de uma capa de alpaca.

— O charango do Michael.

— Ele sabia tocar?

— Tocava na banda da sua mãe, inclusive. Nem isso ela te contou?

— Na banda da minha mãe? Não sabia.

Ele sentou-se na cama e tirou o charango da capa.

DA VIDA DOS PÁSSAROS

— Você toca, Miguel?

— Não. Minha mãe sim.

— Ah, ela toca charango também?

— Disse que aprendeu quando tava grávida de mim. E tem uma música que ela gosta muito, vive tocando e cantando. É assim, vê se conhece.

E começou a arranhar as cordas do charango bem devagar, deixando sair um som agudo, quase estridente. De cabeça baixa, procurando o lugar certo de pôr os dedos, cantarolou desafinado:

— *Poco, poco a poco me has querido, poco a poco me has amado...*

Alexandre sentou-se no chão pra ouvir. A voz de Miguel desapareceu no ar, como vento fraco. Mas, de pura felicidade, o menino continuou a música de onde tinha parado:

— *Y depués todo ha cambiado...*

E, aí, cantaram os dois juntos:

— *Nunca digas que no, negrita, nunca digas jamás, mi vida. Son cosas del amor, querida, cosas del corazón.*

Em seguida, Miguel pediu:

— Liga pra minha mãe...

— Agora?

— Por favor...

Dessa forma, Alexandre começou a falar:

— Laura?

A voz vinha de longe, de trinta anos antes, mas era alegre, era também a voz daquele dia, com os dois se falando pela primeira vez depois de muito tempo.

— *Alejandro*, que surpresa.

— Tô com o coração na mão, Laura.

— Quem diria, não é?

— Pois é, quem diria.

— Depois de tantos anos...

Ele tocou no assunto:

— Você tem um filho muito bonito.

— Um, não. Dois!

— Onde está Guillermo? Casou?

(167)

— Casou, descasou e está morando comigo agora, acredita? Mas Miguel está bem? Como está passando por isso tudo?

— *Poco a poco*, Laura. *Poco a poco me querrá*, vai gostar de mim.

— Me diz uma coisa, *Alejandro*.

— O quê?

— Sempre tive uma curiosidade tão grande. Quando você saiu daqui de casa...

— Fui pro Uruguai.

— Não, não é isso... Foi você que ligou pro Michael ou ele te ligou?

— Eu liguei pra ele.

— Ah, como eu tinha dito, lembra?

— Nunca me esqueci, não.

Alexandre, então, ficou mudo. Pensou em tudo que queria saber, foi atrás de cada palavra pra formar sua pergunta:

— Eu também tenho uma curiosidade, Laura.

— Eu sei qual.

— Sabe mesmo?

— *Sí, sé*.

Ele achou, então, que podia perguntar:

— Se já sabe, me responde.

— *Pues te lo cuento*: Miguel foi até aí ver de perto a vida que o pai levou todos esses anos longe dele.

Alexandre se movimentou, não satisfeito ainda:

— Mas é só isso que você vai me dizer?

— Deixe as coisas como estão, *Alejandro*.

Ela aproveitou o silêncio dele pra perguntar:

— E quando você vem aqui me visitar?

— Logo.

— Isso parece aquelas coisas que a gente diz e não cumpre...

— Não, verdade. Vou quando Miguel for.

— E quando ele vai voltar?

— Não faço a menor ideia. Você quer falar com ele?

— Quero, sim.

— Então, olha, um beijo.

DA VIDA DOS PÁSSAROS

— Outro beijo enorme, *Alejandro*.

— Bom, a gente se vê.

— Jura?

— Juro.

Naquela noite, quiseram sair. Estavam cansados de passar o tempo todo em casa. Alexandre, vindo do banho, ainda enxugando os cabelos, perguntou:

— A que tipo de lugar você gosta de ir?

Miguel demorou pra responder, parecia ter vontade de dizer algo, mas, em vez disso, só comentou:

— Nada de especial. Você escolhe.

No entanto, Alexandre queria agradar, queria que Miguel se sentisse bem e se lembrasse, sempre, como tinha sido bom conhecer a casa do pai. Por isso, insistiu um pouco mais:

— Um bar? Restaurante? Boate?

— Você escolhe, de verdade.

Ele pensou e decidiu que poderia ser uma boate, algum lugar pra ficar até altas horas.

— Mas você gosta desse tipo de mulher americanona, cheia de ombros, dentes tão perfeitos que parecem de mentira, aquele jeito loiro? Talvez você prefira as latinas, as morenas... Então, gosta da mulher americana?

— Não.

— Qual é o seu tipo?

Miguel ainda estava sentado no sofá, com as pernas estiradas e os pés apoiados na mesa de centro. Ele olhou pro Alexandre antes de decidir se dizia e mostrava o que queria. Sorriu e respondeu:

— Homens maduros.

Não saíram mais. Alexandre estava em pé, fumando o cigarro de haxixe enquanto olhava pra cidade lá fora. Miguel se aproximou e pôs a mão no seu ombro. Ele se afastou, não com rispidez nem como demonstração de desagrado, mas como quem tem de pegar alguma coisa, como quem tem sede e quer ir beber água na cozinha. Mas se afastou. Mais tarde, quando Alexandre estava de olhos fechados ouvindo música, sentado no sofá, Miguel novamente chegou perto e prendeu seus olhos nele, até Alexandre sentir-se olhado e dizer, como se já soubesse o que era pra ser dito:

— Não.

Miguel, nessas horas, era capaz de mostrar uma tristeza transbordante. Ele era assim, tinha coração de passarinho, tremia com todas as emoções.

— Por quê?

— Você sabe quem foi Michael?

— Sei. Claro que eu sei.

— Então, Miguel, eu também sei quem você é.

Dito isso, Alexandre se levantou e chamou Miguel pra ir até o computador. Como num discurso que tem de ser feito, mas que nem por isso deixa de ser sentimental e piegas, o brasileiro começou a falar:

— Esperei todos esses dias, desde que te peguei no aeroporto, que você chegasse pra mim e me perguntasse como era o Michael. Não na alma nem na personalidade, mas como ele era, como era o corpo dele.

— Eu já tinha visto.

— Onde?

— Com minha mãe. Ela guardou uma foto dele.

— Você só viu o Michael com 17 anos. Ele cresceu depois disso.

Os dois pararam de falar. No entanto, esses silêncios costumam ser compridos demais e incomodar além do que precisam. Alexandre perguntou:

— Quer ver?

— Quero. Me mostra.

Como em uma solenidade, como quem levanta cálice em altar, toca sinos de templo ou deposita frango, champanhe e farofa na encruzilhada, Alexandre ligou o computador. Lá dentro, estava a vida de Michael.

A primeira foto que apareceu na tela era de Lima, no dia do aniversário de Alexandre. Michael, com 17 anos e meio, pulava no ar, feito um bailarino, perto dos amigos na praia. Os olhos de Miguel percorreram cada pessoa da foto: viram Beatriz só com a parte de baixo do biquíni, Lucho imitando mulheres de Hollywood, Dominique fazendo ioga. Mas pararam pra analisar melhor Michael, com os pés jogados pra trás, os braços pra cima, a barriga sequinha, lisa, aparecendo entre a cintura da calça e a camiseta levantada.

A segunda imagem que ele pediu pra ver direito era uma na beira de um rio, onze anos depois. Michael, de óculos escuros, estava sentado na cadeira de armar, com a vara de pescar na mão. Miguel, então, olhou com muito cuidado os cabelos claros, o corpo, as pernas, as mãos e, mais que tudo, o sorriso que ele dava a Alexandre quando o brasileiro tirou a foto.

A terceira era na neve, e Michael usava gorro, casaco, luvas e botas pesadas. Miguel se aproximou mais pra ver os olhos felizes do homem de 31 anos. Eram verdes, mas não muito.

As fotos passavam lentamente, até que Miguel pôs a mão no visor. Era Michael, com 39 anos, deitado na cama de casal, nu, dormindo de lado, com as mãos entre as coxas fechadas. A outra metade da cama, vazia, estava também amarrotada, e o travesseiro ainda afundado.

— Quem tirou esta foto?
— Eu.

O menino tocou de leve, com a ponta dos dedos, a foto seguinte, a última de Michael ao lado de Alexandre: o rosto dos dois grande, ampliado. Eram homens de quase 50 anos, com os cabelos cortados muito baixo. A pele começava a ser marcada por rugas em volta dos olhos e nos cantos da boca. As mãos de Miguel tocaram, com cuidado, com dedos meio trêmulos, os lábios dos dois.

— Que sorrisos bonitos.

Uma lágrima daquelas solitárias, que não fazem barulho nem provocam gemido, veio escorrendo, lentamente, dos olhos de Miguel. Parou, balançou na ponta do nariz e só então se lançou no ar pra cair lá embaixo, no chão.

"Lima é um todo", tinha dito o recepcionista no hotel. E era. A praia embalava a cidade, o sol cobria as ruas. Alexandre caminhava com prazer, re-encontrando os pedaços da outra Lima. Dessa forma, andando meio sem rumo, achou a casa de Beatriz, que ainda morava no mesmo lugar, agora com o marido e dois filhos. Quando chegou, ela estava sozinha, era dia de folga no trabalho.

— Enfermeira, ihhh, faz muitos anos.

Ela estava ali diante dele. A cara era igual, a risada também. Os olhos de quem não entende nem quer entender eram os mesmos. Ela abraçou e beijou Alexandre com o carinho espalhafatoso de sempre. Estava mais gorda, só um pouco.

— Lembra do Willy, certo argentino que você e Michael me mandaram levar pra casa do Kuba?

— E ia esquecer?

— Pois é, esse certo argentino é meu marido, pai dos meus filhos.

Alexandre olhou pros lados com desconforto. Não sabia como ia se comportar diante do homem.

— Ele está aqui?

— Não. Tá em Tucumán, visitando a família dele. Graças a Deus. Por mim nem voltava, podia ficar lá na Argentina que me fazia um favor imenso.

Então, ela passou a falar de Marissa que, depois de pouco tempo casada com Kuba, tinha voltado pra Lima.

— É professora de Sociologia na Católica. Mas o marido dela, poderosíssimo, é o presidente do Congresso Nacional. De esquerda, claro, ela sempre foi de esquerda.

— E Kuba?

— *Ay*, morreu. Não sabia? Levou um tiro quando trabalhava com índios. O corpo caiu no rio e nunca mais acharam. Por isso Marissa voltou pra Lima. Senão, tinha ficado.

— Lucho?

Beatriz parou de rir. Ficou séria, esquisitamente diferente.

— Vejo quase todo dia.

— E como ele está?

— Quer ver com os próprios olhos?

Saíram de casa em direção ao bairro de Barranco. No caminho, a pé, ela contou:

— Pilarsita é taróloga agora.

— Isso eu sabia.

— Já esteve com ela? Que esquisita ela está. Parece não reconhecer ninguém. Mas é assim mesmo, tem gente que lembra, tem gente que esquece. Eu mesma nunca vou esquecer. Jesus, como a gente era maluco. Fico rindo, às vezes, sozinha. Hoje, as coisas são tão sem graça.

Quando chegaram em Barranco, quase viam o mar lá embaixo, ao pé dos barrancos altos do bairro, e então dobraram uma esquina. Alexandre parou diante de um homem muito velho, sujo, com a pele queimada pelo sol. Usava uma saia colorida rasgada na barra e uma blusa branca, só com alguns botões. Andava de um lado pro outro no mesmo ritmo, colocando os pés descalços devagarzinho sobre o chão, até percorrer a rua toda, como se estivesse numa grande passarela. No braço esquerdo, dobrado delicadamente sobre o peito numa imitação de elegância feminina, levava uma bolsa grande com o zíper arrebentado e, dentro dela, mais roupas coloridas e amassadas. Alexandre e Beatriz ficaram parados, feito espectadores do homem que era a mulher em desfile permanente na rua curta e estreita de Barranco, quase perto do mar.

— Eu venho aqui sempre, sabe? E trago comida pra ele. Senão, morre de fome.

— E ele sabe quem é você?

— Quando não tá drogado, fala comigo, pergunta do Willy.

Ela olhou pro Lucho, que ainda não prestava atenção nos dois, pois já estava acostumado demais a ter público pro seu desfile permanente e obsessivo, e suspirou:

— Foi droga demais. Ele não conseguia parar nunca. A família o internou duas vezes, mas ele saía e procurava mais cocaína. Uma tristeza, isso.

— E tem jeito?

— O jeito é deixar ele ser feliz assim como ele quer.

Alexandre se aproximou lentamente. O homem que era mulher olhou pra ele e sorriu, sem parar de desfilar. Os dois passaram a caminhar juntos, de um lado pro outro, enquanto Beatriz assistia, um pouco afastada.

— Olá, Lucho...
Ele olhou pro lado sem virar a cabeça, sempre desfilando com os pés descalços. Deu uma risada grande, alta, estridente, e depois falou:
— *Alejandra*, minha deusa. Você nunca mais apareceu pra me ver.
— Mas estou aqui agora, minha linda.
— Antes tarde do que nunca, antes tarde do que nunca, antes tarde do que nunca.

Alexandre sentiu uma vontade imensa de dar um abraço, de beijar o rosto, de ficar bem perto. No entanto, Lucho estava ocupado demais: ele lançava o pé pra frente, apoiava a ponta dos dedos no chão e, só depois, dava uma pirueta, jogando os cabelos compridos pra trás. Beatriz, que já sabia como lidar com ele, chegou perto e perguntou:
— Você não quer conversar um pouco com a gente? Quer tomar um café?
— *Ay*, café não. Você sabe que não gosto.
— Tá com fome?
— *Un poquito*. Qual é o prato de hoje, amor *mío*?
Alexandre teve a ideia de irem pro hotel.
— Vem, vamos juntos.

Foi difícil arrumar um táxi que quisesse levar os três, mas finalmente conseguiram. Chegaram ao hotel e Lucho foi, como gostava de ser, a atração principal no saguão e no elevador. Quando entraram no quarto, Miguel, vendo televisão, se levantou. Olhou pro Alexandre e pros outros dois.
— Estes são amigos meus. E do seu pai também.
Lucho se exaltou, com uma mistura de alegria e fúria:
— Não me diga que este *guapísimo* é filho do Michael. Que lindo!
Aproximou-se e contou tudo:
— Sabia que um dia seu pai encheu de porrada o homem da minha vida, que aquela ali me roubou?
Alexandre se aproximou, segurou o braço de Lucho com carinho e perguntou se ele queria tomar um banho.
— Tem sais?
— Tem.

DA VIDA DOS PÁSSAROS

Antes de irem pro banheiro, Alexandre pediu a Miguel:
— Ligue pra cozinha. Peça comida pra nós quatro.
Entraram no banheiro. Lucho tirou a saia, que colocou com cuidado em cima da pia ampla. Tirou a blusa e deu um grito de prazer quando sentiu a água morninha. As mãos ágeis da enfermeira Beatriz passavam sabonete e esfregavam xampu, enquanto Alexandre via, em silêncio, a água escorrer pelos cabelos compridos, grisalhos e sujos, pelo peito pequeno e enrugado, pelas coxas secas e magras, até desaparecer, espumosa e encardida, ralo adentro.

Ali, lembrou-se de *don* Marcel – não o que estava na cama em casa, mas aquele outro que um dia ele conhecera num bar no centro de Lima.

Depois, quando Lucho já estava com uma toalha enrolada na altura do peito e outra nos cabelos, como uma touca branca e felpuda, voltaram pro quarto onde Miguel e a comida esperavam por eles. Beatriz arrumou a mesa da sala do apartamento grande do hotel, colocou os pratos, os talheres, os guardanapos e um jarro de flores. Miguel abriu a garrafa de vinho.

Durante o almoço, falaram das mulheres mais lindas do mundo, todas nascidas e mortas em Hollywood, e Lucho sentiu-se mais feliz do que nunca, até que pediu:

— *Muchacho, Miguelito, cariño,* você que é tão lindo, *ay*, me dá aflição ver tanta beleza, você não tem um cigarrinho de *marijuana*, nem que seja um pouquinho só, pra sua velha e cansada tia?

Acenderam o baseado grande, grosso, longo, interminável. Os quatro fumaram e aí Miguel se aproximou devagar de Alexandre, sentou-se ao lado dele na cama e ficaram ali se divertindo com Lucho e Beatriz, que desfilavam juntos no grande quarto do hotel, feito duas lindas, belas e eternas mulheres.

Quando Alexandre finalmente se mudou de Nova York pra Santa Fé, Miguel foi junto. A casa era grande, velha, quase majestosa, mas um pouco torta pro lado, como se o tempo tivesse empenado as paredes. Era pintada de creme, quase da mesma cor da paisagem seca da cidade, e as janelas tinham cor de caramelo. No quintal muito amplo, debaixo de um pé de maçã que espalhava os brotos em cima da grama verde, as duas lhamas olhavam, meio aflitas, a movimentação dos homens que carregavam caixas e móveis. Quando tudo acabou e as lhamas puderam descansar aliviadas, Miguel e Alexandre sentiram fome. No restaurante de comida japonesa, sentados nos tamboretes do balcão, Miguel quis saber mais:

— Vocês eram apaixonados um pelo outro?

Alexandre, sem falar nada, abriu os três primeiros botões e puxou a camisa pro lado, pra mostrar o lado esquerdo do peito. Aí, pôs o dedo em cima e disse:

— Tá vendo esta cicatriz? Foi o Michael que um dia acertou uma flecha bem aqui.

— Mas como foi que resolveram que iam ficar juntos?

— No par-ou-ímpar.

Miguel, com os olhos fixos em Alexandre, disse:

— Tire no par-ou-ímpar outra vez, então.

Em Santa Fé, sentado na varanda na frente da casa, andando pelas ruas, descobrindo árvores, quintais e gatos em cima dos muros, entrando nas igrejas e saindo das feiras onde mochileiros já velhos ainda vendiam tapetes e mantas sul-americanas, Alexandre sentiu que finalmente tinha começado o tal grande funeral. Pouco a pouco enterrava o que devia ser esquecido e se acostumava a não ter mais o que sempre tinha tido, sem sentir falta. Espalhava-se na cama de casal, dormia enviesado, empilhava os travesseiros, gozava sozinho antes de dormir.

De repente, de manhã cedo, na hora de tomar café do lado de fora da casa, perto das macieiras, encarado pelas lhamas, Alexandre deu a ideia de passarem uns dias em Lima e na Copacabana boliviana.

— Quer ir junto?
— Quando?
— Não sei, qualquer dia desses.
— Mas você mal se mudou! Ainda se perde por aqui.
— É que esta cidade é cheia de becos, já reparou?
— Então, fica mais um tempo, se acostuma com o lugar.
— Está gostando de Santa Fé?

DA VIDA DOS PÁSSAROS

— Quer saber mesmo? Parece chata.

— Tudo é chato nesta terra.

— E por que não volta?

Sim, talvez pudesse voltar. Mas a pergunta era a que ele fizera ali mesmo, olhando nos olhos de Miguel:

— Pra onde? Eu não tenho um lugar pra onde voltar. Eu tenho lugar pra ir. Mas pra voltar não.

— Quer ir pra onde, então?

— Pra Lima, pro Lago Titicaca, pra Buenos Aires, pra Ascona.

— Onde é isso?

— Na Suíça italiana. Era o lugar que o Michael mais gostava. E você?

— O que tem?

— Tem lugar pra voltar?

— Bom, posso ir ficando. Ou você acha que tá na hora de arrumar minhas malas?

— Fique, fique o tempo que quiser.

À noite, os dois passeavam pela cidade pra onde tinham acabado de se mudar quando passaram pelos arcos espanhóis da praça. Alexandre parou, então, em frente à vitrine de uma loja pra turistas, com artesanato, bonequinhos, cerâmica, mantas de índios, bordados e joias de prata. Seus olhos brilharam. Miguel estava parado ali, esperando pra irem embora, mas viu bem quando Alexandre se afastou um pouco, até o meio da rua, e apanhou uma pedra perto do meio-fio. Levantou a mão no ar como um lançador de pesos que se prepara pra competir. Rodou o braço, mirando no vidro da loja. Miguel pediu:

— Acerta bem no meio que quebra tudo.

Alexandre ficou parado no meio da rua. Gritou, pois não havia ninguém ali pra ouvir além dos dois:

— Isto é um assalto!

Miguel correu até o meio da rua e segurou a mão de Alexandre, que resistiu. Mesmo assim, Miguel conseguiu pegar a pedra e se afastou mais um pouco, até chegar à calçada da praça. Aí, rodou o braço com força, correu poucos passos em direção à loja e lançou. A pedra voou até espatifar o vidro. Não tiveram tempo de nada, nem de tomar susto, só de apanhar duas correntes e um anel, porque o alarme começou a soar com estridência, feito cachorro aflito latindo sem parar. Saíram dali correndo, viraram à esquerda, pegaram uma rua com jeito colonial inglês, atravessaram um quintal grande de grama aparada, muito verde, onde as duas lhamas espicharam o pescoço, assustadas. Entraram em casa, batendo a porta. No escuro, ainda agitado, eufórico e feliz, Alexandre tropeçou numa caixa e bateu o rosto na quina de um caixote. Quando acendeu a luz, Miguel viu que ele sangrava, mas pouco, bem perto do olho esquerdo.

— Fica aqui que vou pegar alguma coisa pra tratar disso.

Sem ter onde se acomodar na sala vazia, Alexandre sentou-se em cima da mesa, já enfeitada com uma imagem da Santa Rosa de Lima, com o Menino Jesus nos braços e a guirlanda de rosas na cabeça, e uma imagem de Buda com uma vela meio derretida em cima. Ouvia o barulho da sirene do carro de polícia que ia em direção à praça quando Miguel voltou.

— Só achei algodão e água...

Com um cuidado quase cirúrgico, começou a limpar o machucado. Aí, pararam. Miguel estava em pé entre as pernas de Alexandre, ainda sentado na mesa. Tentaram se mover, mas pararam novamente. Miguel se adiantou, se aproximou. O vidro espatifado dava tesão, dava vontade de beijar, de segurar com força e apertar. Então, ele beijou o rosto de Alexandre. Depois, beijou os lábios pra, só em seguida, beijar também a boca. Se abraçaram. O beijo ficou maior, mais carnudo, mais forte. Miguel segurava Alexandre com força nos braços, como num beijo absoluto, pra sempre. Alexandre olhou pra ele. Procurou dentro dos olhos, o mais fundo que pôde. Era como se estivesse frente a frente com um segredo que Laura tivesse decidido guardar. Por causa da dificuldade de seguir adiante o que tinha começado a pensar ali, abraçado, ele decidiu:

— Quero ir pra Lima, logo.

— Quando?

— Amanhã, depois de amanhã, no começo da semana que vem. Mas logo. Agora, vamos beber um pouco.

Miguel quis manter o olhar nos olhos de Alexandre, que se levantou pra pegar a garrafa e os copos. Miguel segurou seu ombro com força, não deixou. Alexandre indagou:
— Não quer beber?
— Agora não.
— Só um pouquinho.
Ele se afastou e entrou na cozinha. Não quis acender a luz, pois a escuridão podia clarear tudo que deveria saber. O desejo por Miguel se misturava, como uma alquimia poderosa, à ideia da paternidade que Laura não queria revelar. Mexeu levemente os lábios, como se perguntasse a si mesmo em voz quase alta, pra que ninguém ouvisse:
— Mas por que ela faria isso?
Se fosse verdade, se Miguel não fosse órfão, se ele fosse mesmo o pai, uma pergunta andava em círculos muito definidos na cabeça de Alexandre: por que ela faria isso? Por muito, por pouco:
— Um pai rico pro filho.
Pegou a garrafa em cima da pia e pensou, sempre em voz alta, mas baixa:
— Ela não faria isso.
Abriu o armário quase vazio, procurando os copos, e se lembrou do dia que escolhera pra ir embora de Buenos Aires. Laura, como se fosse capaz de perdoar tudo, tinha perguntado se ele precisava de dinheiro pra continuar a viagem. Depois de ter dito que não, ele abaixou os olhos:
— *Disculpame...*
Os dois, no apartamento da rua Azcuénaga, sabiam que estavam falando da noite na livraria, quando Alexandre tinha forçado Laura a sentir com ele o que sentira antes com Michael.
— *No, Alejandro...*
— Não mesmo?
Eles se olhavam nos olhos. Ele não acreditava que ela não o perdoaria, esperava o riso pra mostrar que aquilo era uma grande brincadeira. Mas apenas se olhavam. Alexandre quis saber:
— Por quê?
Laura não falou nada. Deixou que ele se desesperasse:

— Por que você não me mandou embora?
Ela deu de ombros. Ele perguntou mais:
— Por que está me perguntando se eu quero dinheiro?
O jeito de Laura sorrir voltava à memória de Alexandre na cozinha da casa em Santa Fé, com os copos e a garrafa na mão. A voz de Laura novamente surgiu, limpa, clara, como em tempo presente:
— *Hay tantas maneras de no disculparte jamás.*
Alexandre sentiu que o mesmo arrepio percorrera todo o caminho desde Buenos Aires pra, outra vez, grudar-se às suas costas. Voltou pra sala se desviando das caixas e dos caixotes e, de repente, parou. A sala era grande, ampla, branca. Miguel, com o coração disparado, estava em pé, apoiado na mesa de madeira, sorrindo. Alexandre olhou. Seu coração disparou também, o corpo inteiro se mexeu, numa reação involuntária à alegria. Miguel achou que entendia o que aquela alegria queria dizer:
— Vem cá.
— Não, espera.
Alexandre percorria cada pequeno canto do rosto de Miguel. Parou nos olhos dele:
— Seus olhos, às vezes, ficam muito escuros.
— É, depende da luz.
— Ficam quase pretos.
— Minha mãe, sabe o que ela diz sempre? Que meus olhos parecem azeitonas em salmoura.
Alexandre se aproximou mais, pra que os dois sentissem um o calor do corpo do outro. Ele se perguntava onde Laura teria aprendido a comparar olhos pretos com azeitonas, porque a frase tinha dono: era de Michael. Contudo, já envolvido pelo calor suave dos corpos unidos, não perguntou nada, apenas foi tomado por uma súbita certeza absoluta, que chegou aos galopes, feito um emissário da tranquilidade e da serenidade. Olhou pra boca de Miguel, que quis saber, curioso:
— O que foi?
— Espera. Não fale nada. Não se mova.
— O que é?

— Seu sorriso.
— O que tem meu sorriso?
— Me lembra seu pai.

Miguel, sem saber o que fazer, se manteve no mesmo lugar, incapaz de parar de sorrir. Alexandre se aproximou mais. A dúvida, aquela dúvida, desapareceu, porque, se os pássaros vão morrer no Peru, era pro enterro dos pássaros que eles iam, dali a poucos dias, em Lima. Abraçou Miguel e procurou pelo olfato. Era o cheiro de capim, o aroma, as essências de Mike. Tateou. Era a pele, eram os poros do pai. Vasculhou na saudade – a saudade aguda, quase desesperada, que é a forma mais pura da memória. Miguel era a lembrança de Michael.

Lentamente, tirou a camisa de Miguel e olhou. Sem surpresa.

— Esta sua meia-lua no peito é marca de nascença?
— É.

Miguel tremia suavemente, em pé, enquanto aqueles olhos passeavam por seu corpo. Aí, Alexandre finalmente entendeu que o filho era a forma humana do pai:

— Sua mãe não te disse? Michael tinha uma igualzinha.

E, assim, Alexandre segurou o filho de Michael entre os braços. Naquele momento, começou a sentir que as sombras da sala se moviam entre caras, pernas, coxas, bundas, mãos, pelos, cheiros, águas, montanhas, pratas, dedos, mulheres, seios, homens, peitos, sovacos, camas, tentações, rosas, lhamas e desertos americanos. Sentiu uma vontade instintiva e urgente de beijar, porque sabia que os beijos – ah, os beijos – teriam, para sempre, um sabor de Lima.

------------------------------ dobre aqui ------------------------------

CARTA-RESPOSTA
NÃO É NECESSÁRIO SELAR

O SELO SERÁ PAGO POR

AC AVENIDA DUQUE DE CAXIAS
01214-999 São Paulo/SP

------------------------------ dobre aqui ------------------------------

edições
GLS

CADASTRO PARA MALA-DIRETA

**Recorte ou reproduza esta ficha de cadastro, envie completamente preenchida por correio ou fax,
e receba informações atualizadas sobre nossos livros.**

Nome:_____ Empresa:_____

Endereço: ☐ Res. ☐ Coml. _____ Bairro:_____

CEP: _____-_____ Cidade: _____ Estado: _____ Tel.: ( ) _____

Fax: ( ) _____ E-mail: _____ Data de nascimento: _____

Profissão:_____ Professor? ☐ Sim ☐ Não Disciplina: _____

1. Você compra livros:

☐ Livrarias ☐ Feiras
☐ Telefone ☐ Correios
☐ Internet ☐ Outros. Especificar:_____

2. Onde você comprou este livro?

_____

3. Você busca informações para adquirir livros:

☐ Jornais ☐ Amigos
☐ Revistas ☐ Internet
☐ Professores ☐ Outros. Especificar:_____

4. Áreas de interesse:

☐ Astrologia ☐ Literatura, Ficção, Ensaios
☐ Atualidades, Política, Direitos Humanos ☐ Literatura erótica
☐ Auto-ajuda ☐ Psicologia
☐ Biografia, Depoimentos, Vivências ☐ Religião, Espiritualidade,
☐ Comportamento   Filosofia
☐ Educação ☐ Saúde

5. Nestas áreas, alguma sugestão para novos títulos?

_____

6. Gostaria de receber o catálogo da editora? ☐ Sim ☐ Não

Indique um amigo que gostaria de receber a nossa mala-direta

Nome:_____ Empresa:_____

Endereço: ☐ Res. ☐ Coml. _____ Bairro:_____

CEP: _____-_____ Cidade: _____ Estado: _____ Tel.: ( ) _____

Fax: ( ) _____ E-mail: _____ Data de nascimento: _____

Profissão:_____ Professor? ☐ Sim ☐ Não Disciplina: _____

cole aqui

Edições GLS
Rua Itapicuru, 613 7º andar 05006-000 São Paulo - SP Brasil Tel. (11) 3872-3322 Fax (11) 3872-7476
Internet: http://www.edgls.com.br   e-mail: gls@edgls.com.br